幽霊鉄仮面

横溝正史

角川文庫
23462

目次

新カチカチ山

世のなかにはときどき、なんとも説明のできないような、ふしぎな事件が起こるものである。それはちょうど何十年に一ぺん、あるいは何百年に一ぺんめぐってきて、古代人を恐怖のどん底にたたきこんだあの彗星《すいせい》のように、現代でもどうかすると、ふつうの人の想像も及ばないような、へんてこな犯罪事件がひょいと突発して、われわれをおびやかすことがある。

わたくしが、これからお話ししようとする、この奇怪な鉄仮面の大犯罪というのが、ちょうどそれだった。

いったい、あのぶきみな鉄仮面が、はじめて世のなかに顔を出したのは、いつごろのことであったろうか。わたくしがいまためしに、そのころ書いたノートを調べてみると、それは、ちょうど、昭和×年うららかな春のころにあたっている。

きみたちは、たぶんご存知ないかもしれないが、昭和×年といえば、世間がなんとなくざわざわとして、人間がみな一種の狂気に取りつかれているような時代だった。あの奇妙な新聞広告が、毎日のように東京の新聞紙上に掲載されて、都民をおどろかしたのは、ちょうどそういうときだったのである。

わたくしはいまでもその切り抜きを持っているが、これは実になんともいいようのないほどふしぎな広告なのだ。いまためしに、それらの広告のなかで、一番最初に現れたやつを、きみたちにお目にかけることにしよう。

それは、日本第一の発行部数をほこる、新日報社の四月一日付の朝刊の広告に、現れたものであった。大きさはちょうど、新聞一ページの四分の一ぐらい。しかも、その図案というのが変わっている。そこには非常にへたくそな筆で、カチカチ山の絵がかいてあるのである。つまり泥舟《どろぶね》にのった狸《たぬき》が兎《うさぎ》の一撃をくらって、ブクブクと海底に沈んでいる場面なのだ。

ところがふしぎなことには、その狸のからだが、ほかの部分はまえにもいったように、たいへんへたくそな筆でかいてあるのに、その顔だけが、だれでも知っている、あの有名な人物の写真になっている。そして、それと同じように、カイをふりあげた兎というのが、これはまたなんということだ、奇妙な鉄の仮面をかむった怪人物の顔になっているのだ。

これだけでも、すでにじゅうぶん怪奇といえるだろう。ところがそこにはこの絵をもっと怪奇づけるような、歌だか詩だかわけのわからない次のような文句が書きそえてあるのだった。

狸のお舟は泥の舟
　ブクブク海に沈んだ

唐沢雷太《からさわらいた》は古狸

いまにお海に沈むだろ

いったいこれはどういう意味なのだ。この広告におけるもんくはただそれだけで、そのほかには一行の説明もない。しかし、この歌が決して気のへんな人のつくった歌でないしょうこには、前にいった狸の顔にはめてある有名な人物というのが、じつに歌のもんくにあるのと同じ、唐沢雷太の写真なのである。

ここでちょっと、唐沢雷太のひととなりを説明しておく必要があるようだ。

日本の宝石王——といえば、おそらくだれひとり知らぬ者はあるまい。それが唐沢雷太なのである。貧しい生活から身を起こして、大宝石商会の社長となったかれの一生は、さながら立志伝そのものである。年はすでに五十をこしているのであろう、苦労な一生をすごしてきた人にありがちな、するどいおもかげは、いまだその顔かたちのどこかにのこっているが、ちかごろではすっかり白髪のおじいさんになりきって、もっぱら社会事業や、慈善事業に力こぶをいれている。——と、そういう人物なのである。

その唐沢雷太がやりだまにあげられたのだから、世間が大さわぎしたのもむりはない。よるとさわると、そのうわさで持ちきり。ある人はこの広告を、何の目的でしたのだろうという。しかしまたほかの人の話によると、この広告には単なる宣伝とは思えないほどのぶきみさがあるという。ひょっとすると、これは、おそろしい犯罪の予告ではあるまいか。『いまにお海に沈むだろ』——という歌のもんくは、近いうちに唐沢雷太を、海底に沈めてころしてしまうぞという、おそろしい警告ではないだろうか。

こうして、世間のさわぎがしだいに大きくなっていくにしたがって、警察でもほうっておけなくなった。広告主の身もとにたいして厳重な捜査の手をのばす一方、唐沢の身のまわりの警戒をおこたらなかったが、そのさいちゅうにとつじょとして、一つの殺人事件がおこったのだ。そして、そこからうらみに燃えたこの鉄仮面物語の幕は切って落とされるのである。


さきほこる東京の桜が、雨に打たれてチラホラと散っていこうとする四月十五日の夕まぐれ、あかあかと電気のついた新日報社の重役室へ、あたふたとかけこんできたひとりの青年があった。青年の名は折井《おりい》律太《りった》といって、新日報社でも腕ききといわれた記者である。

折井は重役室へかけこんでくると、いきなりそこにいた編集長の女秘書に声をかけた。

「桑野《くわの》さん、編集長はどこにいますか」

「あらまあ、折井さん、どうなすったの。ひどくせき込んでいらっしゃるじゃないの」

ガランとした重役室のひとすみで、机《つくえ》に向かって書類の整理をしていた女秘書の桑野妙子《たえこ》は、相手のようすにびっくりしたような目をあげた。

「そんなことどうでもいいのです。編集長はどこにいるかって聞いているんですよ」

「編集長は、会議室よ」

「会議中か、しかたがないなあ。それじゃ三津木《みつぎ》さんはいないかしら」

「三津木俊助《しゅんすけ》さん？　あの方も会議室」

「おやおや、しかたがないなあ」

折井はガッカリしたように、

「きみ、すまないが、ちょっと会議室へいって見てくれないかねえ。大至急、折井が話すことがありますからって」

「だめよ、会議中はぜったいだれも近づいてはならないという規則なんですもの」

「きみ、そんなこといわないで、おねがいだ。大事件なんだ。一分をあらそう大事件──そうだ、ぐずぐずしていると人命にかかわる重大事件なんだぜ」

「まあ、大げさね。でもむりよ、あなただって社の規則はよくご存知じゃありませんか」

妙子はもう相手になろうともせずに、せっせと机の上にちらかっている書類の整理にとりかかる。折井はチェッと舌をならすと、わしづかみにした帽子を椅子《いす》のなかにたたきつけ、いらいらと部屋のなかを歩きまわっている。妙子はしばらく書類の整理にむちゅうになっていたが、ふとまゆをひそめて、顔をあげると、

「折井さん、あなたもうすこし静かにできないの。わたしいま仕事ちゅうよ。そばでそんなにいらいらしていられちゃ、仕事に手がつかないわよ」

「へん……だ」

折井はわざとにくにくしげに、

「お気のどくさま、これが静かにしていられるかってんだ。ちくしょう！」

「いったい、どういうご用なのよ。人命にかかわる問題だなんて、ずいぶん大げさな方ね」

「ほんとうなんだよ。桑野さん、ぐずぐずしていると、いまにもひとりの人間が殺されるかもしれないんだ。ああ、おそろしい！」

折井はドシンと音を立てて、アーム・チェアーに腰をおとしたが、すぐまたハッと立ちあがる。

そのようすが、ただ事ではない。折井という青年は少しそそっかしいところはあるが、決してでたらめをいうような男じゃない。それに新日報社で一番とまでいわれる腕きき記者の三津木俊助が、弟のようにかわいがっている部下のことだし、妙子もようやくしんけんな顔つきになった。

「まあ、すこし落ちついたらどう。いったい、その事件というのはどんなことなの」

「どんなことって？　そうだ、きみなら話してもかまわない。三津木さんもいつも、きみのことはほめている。じゅうぶん信頼の出来る人だって」

「あら」

妙子はすこし頬《ほお》をあからめたが、じきさりげなく、

「そんなこと、どうでもいいけれど、その事件というのはなに？」

「じつはね」

と、折井はきゅうに声を落として、

「きみも知っているだろう。あの鉄仮面の事件さ」

「まあ」

妙子は思わずいきをのんで、

「あの鉄仮面がどうかしたの」

「あいつの正体をつかんだんだよ。いや、あのふしぎな新聞広告のぬしを発見したんだ」

「まあ」

妙子はそれを聞くと、思わず手に持った書類をパラリと床の上に落としたが、すぐにあわててそれをひろいながら、

「それ、ほんとうのこと？」

「ほんとうだとも。警察が必死となって捜索してもわからない、あのへんてこなカチカチ山の新聞広告、あの広告を出した本人をつきとめたんだ。ああ！　おそろしい、じつにおそろしい」

折井は思わずガチガチと歯をならしながら、

「桑野さん、こいつは何ともいえぬほどおそろしい事件だぜ。かつてなかったほどの大陰謀だ。ぐずぐずしているといまにひとりの男、いやひとりぐらいじゃない。ふたりも三人も、あるいはもっとたくさんの人間が殺されてしまう。ぼくは今日、その秘密をつきとめてきたんだ」

「いったい、その広告ぬしというのはだれなの」

「それはいえない。いかに桑野さんでもこればかりはいえない。いや、きみのためを思えばこそいえないのだ。なぜって、この秘密を知るということは、すなわち死を意味するからだ」

「まあ！」

妙子は美しい目を思わずまるくして、

「それじゃ、あなたはどうなの」

「それなんだ、桑野さん、だからぼくはこんなにおそれているんだ。ああ、おそろしい。桑野さん、ぼくはだれかにつけられているんだよ。そいつはおりがあったら、このぼくを殺そうとたくらんでいるんだ」

あまりのことに妙子は思わず相手の顔を見なおした。折井はまるで熱病にでもかかっているようにふるえているのだ。歯をガチガチとならして、土色のひたいにあぶら汗がいっぱい浮かんでいる。

「まあ、あなたふるえていらっしゃるのね」

「うん、ふるえている。ぼくはこわいんだ。きみ、笑うなら笑ってもかまわない。だけどね、ぼくがでたらめをいっているとは思わないでくれよ。——ときに会議ってなんだね」

「それがね、やっぱり鉄仮面事件らしいの。世間のさわぎがあまり大きいので、うちの社でも、この秘密を解決しようというのでしょう。いまに、三津木さんの、すばらしい活躍が見られるわよ。やがて矢田貝博士《やたがいはかせ》もいらっしゃることになっているの」

「ふうん、矢田貝博士もね」

折井はなんとなく落ちつかぬようすでいったが、きゅうにむっくりとからだを起こすと、

「ねえ、桑野くん、おねがいだから会議室へ、ぼくのことばを通じてくれないか。しかられたら、ぼくが責任をおう」

「そうね」

妙子もようやく相手の熱意にうごかされたらしく、

「それじゃ、ちょっと、いってみましょう。どうせしかられるのはわかっているけれど。あなた、しばらく、ここで待っていてちょうだいね」

美しい妙子がすらりとした身を起こして部屋を出ていくと、重役室はきゅうに静かになった。

ガランとした広い部屋のなかには電燈ばかりが、いやに明るくて、窓の外にはようやく夜の闇《やみ》がこくなっていた。折井はしばらく不安そうに、この部屋のなかを歩きまわっていたが、そのうちにふと目をすえて、ドキリと立ち止まる。どこかで口笛を吹く音が聞こえたからである。

口笛は窓の外から聞こえるのである。ビル街の騒音にまじって、ヒューヒュンと聞こ

えてくる口笛の音が、折井の不安をかきたてる。

かれはそっと窓のそばへよって、ガラス戸を開くと下の道路をすかして見た。重役室は三階になっているからである。おりから夜の闇につつまれたアスファルトの上には、ひっきりなしに自動車が流れている。別にあやしい人影も見えない。折井はようやく安心して、その道路から目をはなすと、ふと、通りのむこうを見た。

道路一つへだてたそのむこうには、いましも建築中の保険会社の鉄骨が黒々と暗い空にそびえている。その鉄骨の中ほどに赤いカンテラの灯《ひ》がゆらゆらとゆらめいて見えた。

「おや！」

と首をかしげた折井が、何げなく窓からからだを乗りだしたときである。とつじょブーンと風を切る音が聞こえたかと思うと、ふいに、

「わっ！」

と、悲鳴をあげて窓からうしろにとびのいたのは折井だ。かれはよろよろと二、三歩よろめくようにうしろにひいたが、すぐまた、窓ぎわにかかっているカーテンをひっつかんだ。しかもそれもつかの間で、カーテンをつかんだ腕が、蛇《へび》のようにはげしくのたうったかと思うと、やがてガックリと床の上にひざをついた。

見ると、これはどうしたというのだ。折井の胸には、グサリと短刀が一本ささっている、そこからまっ赤な血がドクドクと噴き出しているではないか。

折井はしばらく、すすりなくような息をはきながら、床の上をのたうちまわっていた

が、やがて力がつきたのであろうか。床の上にからだを丸くしたまま、ガックリと動かなくなってしまった。

重役室のなかは静かである。電燈ばかりがやけにあかるい。ふと外を見れば、そのとき、保険会社の鉄骨から、スルスルと伝いおりてきた怪人が、いましも、闇にまぎれていずこともなく立ち去っていくところだった。

それから二、三分後のこと。いそぎ足で重役室へはいってきた三津木俊助は、ドアのそばで立ち止まると、おやとばかりにうしろを振りかえった。

「桑野くん、折井はどこにいるのだね」

「あら」

と、その背なかごしにのぞきこんだ妙子は、

「どうなすったのでしょう。ここに待っていらっしゃるはずになっていたんですが」

「どうしたのだ、折井くんのすがたが見えないのか」

そういって、これまたいぶかしそうにのぞきこんだのは鮫島《さめじま》編集長。

「ええ、いないのですよ。やっこさん、便所へでもいったのかな」

と、いくらか不安そうに部屋のなかへ足をふみ入れた三津木俊助は、ふいにドキリとして立ち止まった。大きなデスクのむこうから、ニューッと二本の足が突き出しているのだ。

「あっ！」

と、さけんだ俊助、あわててそばへよると、

「折井だ！」と、床にひざまずいて、折井のからだを抱きおこす。それと見るより、鮫島編集長と女秘書の妙子も、サッと顔色をうしなってかけよった。

「どうしたのだ、怪我《けが》をしたのかね」

「怪我どころか、ごらんなさい、これを。――」

ぐさりと胸に突きささった短刀を見ると、妙子はまっさおになってふるえあがる。血がまっ赤に床の上をそめて、折井のからだはすでに冷たくなりかかっていた。

「まあ、死、死んでいらっしゃるのね」

「死んでいます。ちくしょうッ！」

俊助はきっと唇《くちびる》をかんで立ちあがると、すぐにドアをひらいて、廊下へとびだした。廊下のはしには受付があって、ボーイがひとりひかえている。

「きみ、きみ」

と、俊助によばれて、ボーイはすぐにかけつけてきた。

「きみ、いまここをだれか通らなかったかね」

「いいえ」と、ボーイは、いぶかしそうに、「桑野さんがこの部屋を出ていかれてから、だれもこの廊下を通った者はありません」

「それはたしかだね、きみ、居眠りをしていたんじゃないかね」

「そんなことはありません。ぼくは目を皿のようにして、あそこにひかえていましたよ」

と、ボーイは、いささかムッとしたらしい。

「もう、いい、きみはあっちへいっていたまえ」

ボーイをひきとらせた三津木俊助は、ふたたび死体のそばへ帰ってくると、胸にささっている短剣の柄《つか》をしらべていたが、きゅうに立ちあがって窓を見た。

「桑野さん、きみが部屋を出ていくときには、この窓はこういうふうにあいていたかね」

「はあ、――あの、いえ、たしかにしまっていました」

「三津木くん、この窓がどうかしたのかね。まさかこの窓から曲者《くせもの》がしのびこんだというわけでもあるまいね」

「いや、曲者はしのびこまなかったけれど、短剣はここから飛びこんできたのです。ごらんなさい、編集長。これはふつうの短剣じゃありませんぜ。柄がアルミニウムでできています。いわゆるアルミニウム短剣というやつで、特殊な銃のなかに弾丸がわりにこめてぶっ放すのです。こいつだとふつうの銃とちがって、音がしませんからね」

俊助はきっと窓の外を見ると、

「犯人はおそらく、あの保険会社の鉄骨の途中にかくれていて、そこからぶっ放したにちがいありませんよ。編集長、だれか人をやって、あの建築現場をしらべさせてくださいませんか。もっとも、犯人はすでに逃亡しているでしょうがね」

たちまち建築現場へ、社の記者たちが派遣された。そしてその結果によると、たしかにいましがたこの建築現場の鉄骨から、あわただしくおりてきた人物があるということがわかった。そいつはふちのひろい帽子をまぶかにかぶり、黒いマントをきていたが、そのマントの下に、ステッキのようなものを抱いていた、ということまでわかった。

「そいつが犯人です。おそらくそのステッキのようなものが銃だったのでしょう」

俊助は、いまさらのように歯ぎしりしてくやしがったがおいつかない。かれは、折井のそばにひざまずくと、涙ぐんだ目でじっとその顔をながめていたが、やがて決意をかためたようにつぶやいた。

「折井、おまえの敵《かたき》はかならずおれがうってやるぞ」

三津木俊助がこの鬼のような犯人に対して、もうぜんと挑戦する気になったのは、実にこのしゅんかんだったのだ。ああ、しかし、それはなんというおそろしい戦いだったろうか。かれの行く手には、そのときすでに、多くの危険がまちかまえていることが、予想されたのである。

それはさておき、思いがけない折井の死に、社内がごったがえすようなさわぎを演じているおりから、ひょっこりとこの重役室へはいってきた風がわりな人物があった。

「鮫島さん、いま階下できくと、社内でなにか大事件が起こったそうで」

その声にふりかえった鮫島編集長は、相手の顔を見るとたちまちうれしそうな顔になって、

「おお、これは矢田貝博士、いいところへきてくださった。いま大変な事が起こったところで」

「いや、そのことならいま階下できましたわい。どれどれ、死体はどこにありますかな」

眠そうな目をショボショボさせながらあたりをみまわす、その人物のすがたを見ると、だれでも思わずふきだしたくなるようなかっこうをしているのだ。年齢《とし》はいくつぐらいか見当もつかない。顔はカサカサにひからびて、鼻の下とあごにながい山羊《やぎ》ひげをはやしている。しかもひどい近眼とみえて、度の強そうな眼鏡をかけ、腰は弓のようにまがっているのだ。それがふるいフロックコートに山高帽をかぶっているところは、とんと田舎《いなか》の村長といったかっこうだ。

だが、この人こそ、日本で五本の指にかぞえるほどの法医学者であると同時に探偵としても有名な、矢田貝修三《しゅうぞう》博士その人なのだ。矢田貝博士はちょっとした事件で新日報社を助けたことがあるが、それ以来、犯罪事件がおこると、いつも新日報社のためにはたらいているいわば顧問のような人物で、これまで三津木俊助と協力して難事件を解決したことも一度や二度ではない。

博士は折井のそばにひざまずくと、

「ほほう」と、めずらしそうに短刀の柄をながめていたが、

「これは大変だ。わしは前にいちどこれと同じ短刀を見たことがある。これは飛来の短剣といって、銃にこめてうつのですわい」

「その事なら、すでに三津木くんも気がついたところですが」

「ほほう、三津木くんがね」
と、矢田貝博士は目をショボショボさせながら、俊助の顔を見ると、
「さすがは三津木くんじゃ、いや、お若いのに、なかなかよく気がつく。じゃが、おや
これはなんだ」
博士の目がきゅうにギョロリとひかったので、俊助も思わずのぞきこむ。
「三津木くん、きみはこれに気がつかなかったかね。床の上になにやら血で書いてある。
おや、これはテッカメンという字じゃないか？」
はっとした俊助が、のぞいてみると、なるほど茶色のリノリウムの上に、のたくるよ
うな、血文字で、
テッカメン　トハ　ヒガシ――
と、書いて、そこでポツンと切れているのだ。おそらく折井は、死のまぎわに、鉄仮
面の秘密を一言書きのこそうとしたにちがいない。しかし、そこまで書いてきて、つい
に力つきてたおれてしまったのだろう。
「ヒガシとはなんだろう。人の名前だろうかの、それとも方角のことかな」
「いや、この文章でみると、おそらく人の名にちがいありませんよ。鉄仮面は東なにが
しという人間にちがいありませんよ」
俊助がそういったときである。
さっきから、不安そうにだまりこんだまま、この場の様子をながめていた妙子が、ど

うしたのかふいにヨロヨロとうしろへよろめいた。だが床の血文字に気をとられている一同は、すこしもそれに気がつかない。それにしても、妙子は何をあのようにおどろいたのだろう。彼女はなにか、鉄仮面の秘密と関係があるのだろうか。

それにしても、おそるべきは鉄仮面である。

ほんとうの戦いは、まだ開始されていないのだ。それにもかかわらず、かれはすでに先手を打って、ひとりの人間をたおした。しかもその手段の巧妙さおそろしさ！　これだけを見ても、かれがいかにすばらしい腕を持っているかがわかるのだ。そしてそれと同時に、あの奇怪な広告が、たんなるいたずらや、宣伝ではなくて、なにかしらおそろしい意味をもっていることもさっしられる。

がぜん、この事件は世間を非常にびっくりさせたが、なかでも一番おどろきおそれたのはいうまでもなく、宝石王唐沢雷太だった。

唐沢は折井殺人事件の真相をつたえ聞くと同時に、三田《みた》にあるひろびろとした邸内の奥ふかくとじこもって、ぜったいにだれにもあおうとしない。一週間ほどのあいだに、唐沢の顔はすっかりやつれはてて、唇は何かをおそれてわなわなとふるえている。目はおちくぼみ、頰はこけ、ちょっとした物音にでもよくとびあがった。こういう様子からみると唐沢はなにかしら鉄仮面なる人物から、うらみをうけるようなおぼえがあったのにちがいない。

それはさておき、自宅の奥ふかく、げんじゅうに錠《じょう》をおろした寝室のなかにとじこもった唐沢は、かたときも武器がわりの木刀を、そばからはなそうとしなかった。そして、ドアの外にはいつも、ボデーガードの恩田《おんだ》という男がこれまた、げんじゅうに武装したまま、主人の身をまもっているのである。これではいかに、神出鬼没《しんしゅつきぼつ》の怪人とはいえ、なかなか唐沢の身辺に近よれそうもなかった。

ところが。——

ある日のことである。例によって寝室にとじこもったまま朝食をすました唐沢が、なにげなく手紙に目をとおしていたが、ふいに、

「わっ！」と、さけぶと、手にしていた手紙を、床の上に落としてしまった。その声におどろいた恩田が、あわててドアをひらいてみると、唐沢は、ベッドの上に気をうしなってたおれている。おどろいた恩田がかけよってみると、床の上に落ちている手紙には、まっ赤な文字で、

あと五日

と、ただそれだけが、そこにあのぶきみな鉄仮面があざ笑うようにかいてあるではないか。

さいわい唐沢はすぐ気がついたが、恩田がこのことを警察へ報告しようというのを、なぜかムキになって反対するのだ。ところが、三日後のことである。またもや唐沢の身のまわりにみょうなことがおこった。げんじゅうに塀をめぐらされた庭内を、唐沢が久しぶりで散歩していると、ふいにどこからともなく、一本の矢がとんできて、グサリと

そばの木につきささったのだ。

唐沢はそれを見ると、まっさおになってガタガタとふるえだした。見ると矢の根もとに一枚の紙片がまきつけてある。手に取って見るまでもなく、またしても脅迫《きょうはく》の手紙にきまっているのだ。しかし、こわいものみたさとは、こういうことをいうのだろう。こわごわ手に取ってみると、

あと二日

そしてまたもやあの鉄仮面のしるしなのだ。

唐沢はしばらく、とび出すような目でじっとその紙片をながめていたが、きゅうにガチガチと歯をならすと、よろめくように寝室に帰ってきて、その紙片に火をつけると、そのままベッドのなかにもぐりこんでしまった。唐沢はあくまでひとり、この見えざる敵と戦うつもりらしい。

ところがその翌日になって、さすがの唐沢も、ついに考えをかえなければならないような事件が突発したのだ。

朝目をさますと、唐沢はいつもすぐふろへとびこむことになっているのだが、その日も、例によって、デラックスな湯ぶねにひたりながら、なにげなくむこうの鏡を見ると、何ということだろう、その鏡の上にはせっけんのなぐり書きで、

今夜十二時

と、書いてあるではないか。

唐沢はしばらくばかみたいな顔をして、ポカンとその鏡をながめていたが、きゅうに何者かあやしいものにおそわれたように、ふろからとび出すと、大急ぎで新日報社へ電話をかけて、三津木俊助を呼び出した。

「三津木くんですか。こちらは唐沢です。ええそう、唐沢雷太——きみの名声はかねてから耳にしている。そしてこんどは鉄仮面を相手に戦っていられることも新聞の上で承知している。その鉄仮面事件について、ぜひとも、きみにお願いしたいことがあるのだが、すぐわしの家まできてもらえないだろうか。ああ、それから、あの有名な矢田貝博士、あの人にもぜひいっしょにきていただきたいのだが——ええそう、わしはいま、非常な危険にさらされているのだ。ぜひともきみたちに助けてほしいと思っているのだが。——じつは警察のほうへあまりしらせたくないので。——では何分お願いします」

唐沢はそこで電話を切ると、いくらかホッとしたようにひたいの汗をぬぐった。

それから一時間ほどのちのことである。

唐沢家の奥まった一室では、三人の男がひたいをあつめて、ひそひそと密談にふけっていた。三人とはいうまでもない、唐沢と三津木俊助、それからいまひとりは矢田貝修三博士。

「そうすると、さいしょの脅迫状は手紙で、二度めのは矢文で来たが、三度目のは浴室の鏡に書いてあったというのですな」

そういったのは、矢田貝修三博士である。例によって度の強い近眼鏡の奥で、眠そうな目をショボショボとさせている。

「そうなんです。だからわしはこわくてこわくて——あいつはとうとう、塀を乗り越えてこの家のなかまでしのんできおったのじゃ」

　唐沢はそういいながら、ネットリとひたいに浮かんだ汗を、手の甲でぬぐうのである。

「三津木くん、あんたはこれをどう思う」

「そうですね。まさか、鉄仮面自身がこのげんじゅうな塀を乗り越えてしのびこもうとは思いませんから、これは家のなかに共犯者がいるのじゃありませんか」

「そう、さすがは三津木くんじゃ、よくそこに気がついた。わしはそれにちがいないと思う」

　と、矢田貝博士は唐沢をふりかえって、

「唐沢さん、その点について心あたりはありませんか」

「なんといわれる。するとこの邸内に鉄仮面の子分がいるといわれるのかな、とんでもない」

「いや、一概にそうはもうせませんぞ。どんな善良な人間でも、欲には目がくらむものじゃて。ところでおたくの使用人というのは何人いますか」

「何人といって、そう、ボデーガードの恩田をはじめとして、ほかに書生がふたり、お手伝いが三人、そのほかに御《み》子柴進《こしばすすむ》という少年がひとりいる。これはわしの遠縁にあたる者で」

「なるほど、ところでその恩田という男は、さっきわれわれを出迎えたあの男ですな」

矢田貝博士がなぜかニヤリとして、

「ひとつ、あの男をここへ呼んでくださらんか」

「なんですって、あの恩田がどうかしたというのですか」

「まあ、なんでもよろしい。いまにわかりますて」

唐沢がはげしいびっくりしたような顔つきを見せて、おどろいた様子をあらわすのを、矢田貝博士はとぼけたような顔をして、ジロリと眺めながら、落ちつきはらっている。

唐沢はさっそくかたわらのベルを押したが、それにおうじて現れたのは問題の恩田だった。

「わたしになにかご用でございますか」

「ふむ、こちらにおられる矢田貝先生が、何かおまえに話があるそうだ」

それを聞くと恩田はギクリとしたように顔色をかえる。その様子をじっと見ていた博士、

「恩田くん、わざわざ来てもらってご苦労だった。実はちょっと、きみにたずねたいことがあっての」

「はあ、わたしにお答えできますことなら、なんなりと」

「いや、ありがとう。それじゃ失礼してたずねるが、きみはここでどのくらい月給をもらっているのだね」

「なんでございますって」

「いやさ、きみはいったいどれくらい収入があるかというのさ。のう、恩田くん、きみはまさか唐沢さんから、十万円以上も月給をもらっているわけじゃあるまいの。ところが、どうだろう、きみは先月と今月の二回にわたって、銀行へ十万円ずつ貯金したの。あの金は、いったいどこからでた金じゃな」

恩田の顔がさっとまっさおになった。しばらくかれは追いつめられた獣《けもの》のような顔をして、じっと矢田貝博士の顔を見つめていたが、きゅうにクルリと身をひるがえすと、いきなり、ドアのほうへ逃げていく。それを見るなり三津木俊助は、いきなりそのうしろからおどりかかると、腰投げ一番、みごとにきまって、恩田のからだはもんどりうって床に横たわった。

唐沢はまっさおになって、ブルブルふるえている。まだはっきりとくわしい事情はわからないけれども、なにかしら、かれの思いもよらぬことが、恩田をめぐっておこなわれていたことはたしかなのだ。

「あの、恩田が――恩田が――」

と、唐沢はゼイゼイとのどを鳴らした。

「そうですよ、唐沢さん、つい欲に目がくれて鉄仮面のやつに買収されおったのですわい。ご苦労、ご苦労、三津木くん、そいつはそのままにして、どこかへ、げんじゅうに監禁しておいてくれたまえ、いずれあとでゆっくり取り調べよう」

俊助が恩田のからだを身うごきができないようにしばりあげて、部屋の外へひきずり出すと、矢田貝博士は、クルリと唐沢のほうへむきなおって、

「どうです、わかりましたかな。浴室の鏡の上へあんないたずら書きをしたのも、みんな恩田のしわざですわい。さあ、これでひとりはかたづいた。しかし、なかなかこれで、安心はなりませんぞ。あんたがあれほど信頼している恩田を、まんまと買収するくらいの鉄仮面じゃ、ほかにどのようなカラクリがあろうも知れぬ」

「それじゃ、あなたはあいつが今夜ほんとうにやってくるとお思いになるのですか」

唐沢の目には恐怖の色がいっぱい浮かんでいる。

「ふむ、まあ、その覚悟で待っていましょう。やってくればしめたものじゃ。三津木くんと、わしとで捕まえてみせる。しかし、わしにはそれよりも、もっとおそろしいことが起こりそうな気がしてならん。いったい、鉄仮面とは何者じゃろう。唐沢さん、あんたはそれをご存知なのでしょうな。ひとつ、それをわしに打ち明けてくださるわけにはまいるまいか」

唐沢はだまりこんだまま、じっと考えこんでいたが、ひたいにはジリジリとあぶら汗がにじみだしてくる。にぎりしめた手がモルヒネ中毒患者のように、ブルブルとふるえているのだ。

しばらくして唐沢は、ようやく口を切って話しはじめた。

「博士、そればかりはどうか聞かんでください。これはおそろしい秘密なのです。わし

がこの事件を警察へ報告しようとせんのも、つまりその、秘密を知られたくないからです。ああ、おそろしい鉄仮面。――ああ、鉄仮面の秘密！」

唐沢は歯をくいしばり、こぶしをかためて、両のこめかみをゴツンゴツンとたたきながら、いまさらのように、ふかいふかい恐怖の溜息《ためいき》をはきだすのだ。

さて、いよいよその夜のことである。

恩田の事件があってから、ますますはげしい恐怖に捕らわれた唐沢は、寝室へとじこもったまま、一歩も外へ出ようとしない。窓という窓、ドアというドアは、ことごとく内部から錠をおろされて、しかも、そのドアのまえには、矢田貝博士と、三津木俊助のふたりが、目を皿のようにして張り番をしているのだ。

時間はしだいに過ぎていって、やがて、邸内のどこやらで十一時を打つ音が聞こえた。

「先生、あいつはほんとうにやってくるのでしょうか」

眠けざましに、いましも、お手伝いさんがいれてきた熱いコーヒーをすすりながら、そういったのは、三津木俊助だ。

「さあ、なんともわからん。しかし、折井くんをやっつけた手ぎわといい、恩田を買収したあのあざやかなやり口といい、わしにはどうも、ほんとうに今夜、おそろしいことが、起こりそうな気がしてならぬのじゃて」

矢田貝博士はそういいながら、われにもなく、ブルブルとからだをふるわすのだ。部屋のなかでは、唐沢もやはり同じ思いとみえて、ゴトゴトと床の上を歩きまわる足音がする。

「唐沢さんもやっぱり眠れぬとみえますね」

「そりゃむりもない。どんな腹のすわった男だって、見えぬ敵と戦うというのはいやなものじゃからなあ」

時間はなおも過ぎていく。やがて十一時半が鳴り、まもなく、十二時近くになった。と、このときである。ふと、かすかな口笛の音が、俊助の耳をうった。

「おや、あれはなんでしょう」

「なんじゃな」

「ほら、あの口笛の音です。先生には聞こえませんか」

「口笛の音？」

矢田貝博士はじっと耳を立てていたが、

「なるほど、口笛の音が聞こえるな。どうやら庭のほうらしい。三津木くん、恩田のやつはだいじょうぶかな」

「はい、あいつはげんじゅうに家の者に見張らせてありますが、ちょっと見てきましょうか」

「うむ、そうしてくれたまえ。それから、ついでに庭のほうを見てきたらどうじゃな」

「承知しました。ではあとのところはたのみます」

俊助は用心ぶかくあたりに気をくばりながら、恩田を監禁してある別室のほうに行って見たが、別になんの異状もない。恩田は猿ぐつわをかまされ、きびしくしばりあげられたまま、ゴロリと床の上に投げだされているのである。そのそばにはがんじょうな書生がひとり、緊張した面もちでひかえている。

「きみ、きみ、別にかわったことはないかね」

「はあ、なんにもかわったことはありませんが」

「そう、それじゃ、なおいっそうの注意をしてくれたまえ」

俊助はその部屋のまえを通って庭へ出た。さすが宝石王といわれる唐沢の庭だけあって、これが東京都内かと思われるほどの広大さ。俊助はあたりに注意しながら、ソロソロとその庭をはっていく。空は春にふさわしくぼんやりと曇り、青々とおいしげった大木が暗い空を背景にして、くっきりとそびえているのもぶきみなのだ。

ルルルルルル、ルルルルルル！

ふたたび、ひくい口笛の音がきこえてきた。

俊助はハッとして木立の根もとにからだをよせたが、ふと見ると、十メートルほどむこうの草むらに、猫のようにからだを丸くして、モクモクと動いている人影がみえる。

さてこそ鉄仮面！　俊助は思わず手にしていたバットをにぎりしめた。相手はどうやら、そんなこととは気がつかぬらしい。あいかわらずじっと草むらに身をふせたまま、そ俊助とは反対の方角をうかがっている。俊助は足音をしのばせながら、ジリジリと、そのほうへ近寄っていく。相手はまだ気がつかない。これさいわいとばかりに、木かげからおどりだした三津木俊助、いきなり、相手のうしろからおどりかかったが、そのとたん、あっという叫びが思わず俊助の口をついて出たのだ。

あやしい黒影は大の男と思ったら、いがいにもまだ十四、五歳の少年ではないか。

「なんだ、きみは、進くんじゃないか」

おりからの月明かりにすかして見て、俊助はドキリとして叫んだ。まさしく、この少年こそ唐沢の遠縁にあたるという、御子柴進少年なのである。

「きみはいったい、いまごろ何をしているのだね。さっき口笛を吹いたのはきみかい」

「ちがいますよ、三津木先生」

進は組みふせられた俊助のひざの下から、いきおいよく起きあがると、

「ぼくはいま、あやしいやつが庭をうろついているのを見かけたので、ひそかに様子をうかがっていたのです。チェッ！　あなたがよけいなまねをするものだからあやしいやつは逃げてしまったじゃありませんか」

「そうか、そいつはすまなかった。それで、その曲者はどんな風をしていたね」

「わかりません。もうすこしよく見てやろうと思っているところへ、あなたが飛びついてきたものだから、チェッ！」

進はなおもふんがいしながら、ひざの泥をはらいながら立ち上がったが、そのとたん、

「あっ、三津木先生！　あれはなんです」と、叫んだ。

見ると、あかあかと電気に照らされた唐沢の寝室の窓には、いましも奇怪な影がうつ

っているではないか。ダブダブの二重マントに、つばの広い帽子をかぶった怪人の影なのだ。そいつがなにやら、ふとい棒のようなものをふりあげて、さっと打ちおろしたかと思うと、そのとたんに、部屋の中の電気がふっと消えてしまったのである。——

「たいへんです。三津木先生、だれかおじさんの部屋にしのびこんだ者があります」

「よし、進くん、きみもいっしょにきたまえ」

俊助と進のふたりは、むちゅうになって家のなかへかけこんだが、唐沢の寝室のなかでは、はたしてどのようなことが起こったのだろうか。

それをお話しするためには、時計の針を約二分ほどまえにもどさなければならない。

唐沢はすこしまえに思いきってベッドのなかへはいったが、どうしても眠る気にはなれない。ドアの外には、矢田貝博士と三津木俊助が張り番をしているとわかっているが、それでもまだ安心できないのだ。

唐沢は枕もとに置いた木刀を、まさぐりながら、ゆだんなく部屋のなかを見まわしている。寝室の中には、高さ三メートル、幅一メートルもあるような大時計が置いてあったが、唐沢はさっきから、わき目もふらずその時計の文字盤に目をそそいでいた。

時計の針はいまや十二時二分まえを示している。大きな振り子が、ガラス扉《ど》のむこうで、ユラユラとゆれているのが見えた。時刻は、秒一秒とすぎて、やがて二本の針が十二時のところでいっしょになったかと思うと、やがてボーンボーンとゆるやかな時の音が聞こえはじめた。

十二時——鉄仮面の予告した時間なのだ。

と、そのときである。

唐沢はなんともいえぬほど、おそろしいものをそこに発見したのである。いままでユラユラとガラス扉のむこうに、ゆらめいていた振り子が、いつのまにやら、まっ黒な鉄の仮面にかわっているではないか。

唐沢は思わずのどをつかまれたように、ベッドからからだをのりだした。すくいをもとめようにも舌がもつれて声が出ないのだ。枕もとに置いてある木刀をさぐったが、指がふるえてうまくつかめない。

鉄仮面は、しばらく時計のなかからあざ笑うようにその様子をながめていたが、やがて、十二時をうちおわると同時に、時計のガラス扉がバネじかけのようにパッと外にひらいたのである。

そのなかから鉄の仮面をかぶった男が、ゆうゆうとして寝室のなかへはいってきた。ダブダブの二重マントにふちの広いソフト帽、それから手にはふといステッキを持っている。

「助けてくれ!」と、叫ぼうとしたが、その声は唐沢の口をもれる前に、恐怖のためにのどの奥でこわばってしまった。

鉄仮面はクククククとあざ笑うような声をのどの奥で鳴らしながら、ジリジリとベッドのほうへ近づいてくる。まっ黒な仮面の奥から、二つの目がらんらんとかがやいて、ピンと上を向いた三日月型のおおきな口の気味悪さ。

やがて、鉄仮面は唐沢のからだの上にのしかかると、さっとばかりにステッキをふりあげた。――と、同時に室内の電燈がサッと消えて、その暗闇《くらやみ》の底から、

「ヒーッ！」と、いうような、ものすごい叫び声が聞こえたのである。俊助と進が庭からかけこんできたのは、ちょうどそのしゅんかんだった。

乱舞《らんぶ》する大シャンデリア

「ヒーッ！」と、闇をつんざく悲鳴にまじって、ドタリと何かをたおすような物音。――すべてはそれでおしまいだった。格闘は一しゅんにしておわったらしい。何ごとが起こったのか、あとはただまっ暗の闇夜のように暗い静けさ。

俊助と進のふたりが息せき切ってかけつけてきたのは、じつにそのしゅんかんなのである。

「唐沢さん！　唐沢さん！」

「おじさん！　おじさん！」

ふたりはむちゅうになって、ドアにからだをぶっつけたが、なかからピンと錠をおろしたドアは、ビクともしない。

「ちくしょう！　唐沢さん、どうかしましたか、唐沢さん！」

「おじさん、おじさん、ぼくです、進です！」

必死となってよべど叫べど、部屋のなかからうんともすんとも返事はない。しいんとぶきみにさえかえった静けさのなかに、大時計の音だけが、コツコツとひびいてくるのも、このさい、なんともいえぬほどのおそろしさだ。

俊助はゾーッとしたように身をすくめると、ふとドアをたたく手をやめて、

「それにしても、矢田貝博士はどこへいったのだろう。もしや――」

と、思い出したように廊下を見まわしたが、そのとたん、俊助は思わずギョッと息をのみこんだのだ。見よ、廊下の片すみにある長椅子のむこうからニョッキリと二本の足がのぞいているではないか。しかも、そのズボンの縞《しま》がらに、俊助はたしかに見おぼえがあった。

「あっ！　矢田貝博士だ！」と、叫んだ俊助、あわててそばへかけよると、

「先生！」と、ばかりに、ぐいとからだを抱き起こす。博士は目を閉じ、歯を食いしばって、ぐったりしていたが、死んでいるのではなかった。荒々しい、苦しそうな呼吸が、旋風のように長い山羊《やぎ》ひげをふるわしているのである。見るとごましお頭からぶくぶくと血が噴き出していて、それが長い毛のはじにたまってかたまりかけている。ぼんやりしているところを、ふいにうしろから襲撃されたものにちがいない。

「先生、しっかりしてください。先生――あ、進くん、すまないが、水を――水を――

—」

進はすぐに、身をひるがえして、廊下のはしに消えたが、まもなく、水びんと、コップとタオルを持ってきた。

「ありがとう。きみはこのタオルで傷口を冷やしてあげてくれたまえ。先生、矢田貝先生、しっかりしてください」

食いしばった歯を割って、コップの水をそそぎこむと、博士はようやくうす目をひらいた。

「ああ、三津木くん——あいつは——あいつは」

「あいつってだれです。先生、しっかりしてください」

「あいつだ！　あいつだ！　ちくしょう！」

博士はヨロヨロと起きあがったが、すぐまた、力がぬけたようにドシンとそばの椅子に腰を落とすと長い山羊ひげをふるわせながら、

「ちくしょうッ——恩田だ、恩田だ。恩田のやつがふいにうしろから——」

「え、それじゃ、恩田のやつが逃げたのですか」

と、俊助はさっと立ち上がると進のほうをふりかえって、

「進くん、ちょっと書生部屋を見てきてくれたまえ、ひょっとすると書生のやつも——」

と、みなまで聞かずに御子柴進は、タタタタタと廊下を走っていったが、すぐに引き返してくると、

「先生、たいへんです。見張りの人が、何か薬をかがされたとみえて、ぐったりとのびたまま、いくら起こしても起きません。恩田はナワを切って逃げたらしいです」

ああ、恩田が逃げた。あいつが逃げたとすると、いよいよただごととは思えない。

「先生！」と、俊助がまっさおになって何かいいかけるのを、ふいにしっと手でおさえたのは矢田貝博士だ。きゅうにキッと顔をあげると、

「あ、あれはなんだ！　あの声は――」

博士のことばにドキリとした俊助と進のふたりは、これまたキッとドアのほうをふりかえる。

ああ、そのとき、なんともえたいの知れない気味の悪い声が、ゆらゆらと、うずまくように、のたうちまわるように、あるいは高く、あるいはひくく、ときにはすすりなくような尾をひきながら、寝室のなかから聞こえてきたではないか。

笑い声なのである。人をばかにしたようなひくいふくみ笑い、ゾッとするようなしのび笑い、骨を刺すようなあざけり笑い、――それがしだいしだいにたかまってきたかと思うと、やがて家じゅうをゆるがすような、気味の悪い高らかな笑い声となってきた。

あとにも先にも、俊助はこんなおそろしい笑い声を聞いたことがない。

「あっ！」と、さすがの三津木俊助も、一しゅんの間、まっさおになったが、

「ちくしょうッ！」と、歯がみをすると、猛烈にドアにからだをぶっつけていったのである。

「先生、手を貸してください。曲者はまだこの部屋のなかにいます、早く！　早く！」

「よし！」

と、矢田貝博士もヨロヨロと立ち上がったが、そのとたん部屋のなかの笑い声はバッタリとやんだ。しかしふたりは、そんなことには一切おかまいなし、ドシン、ドシンとむちゅうになってドアにからだをぶっつける。

「三津木くん、これじゃだめだ。なにかぶちこわすのに役にたちそうなものはないか——」

それを聞くなり進は、廊下をバタバタかけだしていったかと思うと、やがてひっさげてきたのはストーブのなかをかきまわす鉄の火かき棒だった。

「よし！」と、こいつを受け取った俊助、腕も折れよとばかりに、必死となってドアをなぐりつける。いくらがんじょうなドアも、この猛撃にあってはひとたまりもない。やがてメリメリと音を立てて、あついドアに裂け目ができた。

「しめた！」と、ばかりにそのすきまから腕を突っこんだ三津木俊助は、なかをさぐると幸い手にさわったのは、内がわからさしこんだ鍵《かぎ》である。

ガチャリ！

そいつをまわしたとたん、ドアがさっと開いたかと思うと、三人のからだはドヤドヤと部屋のなかにおどりこんだ。

「電気。——電気——」

博士の声に勝手知った進が、カチリと壁ぎわのスイッチをひねったしゅん間、三人はぼうぜんとして部屋の入り口に立ちすくんでしまったのである。ああ、なんということだ。部屋のなかはもぬけのから、唐沢はいうまでもない、たったいま、あの気味の悪い笑い声を立てていた怪人のすがたすら見えないのだ。

「や、や、これはどうだ」と、ぽかんとした三津木俊助は、すばやく部屋のなかを見まわしたが、どこにも人のかくれる場所はない。ドアというドア、窓という窓は、みな内がわからげんじゅうにしまりがしてあって、アリのはい出るすき間もないのだ。それにもかかわらず、怪人のすがたはもちろん、唐沢のすがたさえ見えないではないか。

「セ、先生、これはいったいどうしたというのでしょう」

「フーム」

と、入り口にたたずんだ矢田貝博士、例の度の強い眼鏡の奥で、ショボショボと目をまたたきながら、思わずふというなり声をあげると、

「三津木くん、よういならぬ事件だ。こいつはじつに大仕掛けな事件だぜ。この部屋のなかには、きっと人知れぬ秘密の通路があるにちがいない。進くん、きみはいままでそんな事を聞いたことはないかの」

「いいえ、先生」

「よし、それじゃわれわれの手で、その通路をさがさねばならん。三津木くん、大至急

だ。大急ぎでそのあたりをさがしてくれたまえ。ぐずぐずしていると唐沢さんの生命《いのち》が危ない、早く、早く！」

　そこで三人は大急ぎで部屋のなかをさがしまわった。床のじゅうたんをはぐって見た。壁をコツコツとたたいてみた。さらに寝台にのぼって、てんじょうをさぐって見た。三人とも必死なのだ。しかし、どこにもあやしいと思われる箇所はない。五分ほどたつと三人ともガッカリとしたような顔を見あわせる。

「先生、どこにも変な箇所はありませんね」

「いや、そんなはずはない。どこかに見落としがあるのじゃ。どこかに、われわれの気づかぬ箇所があるのだ。あッ」

　と、ふいに博士はあの大時計を見て、

「三津木くん、きみの時計はいま何時だね」

「ぼくの時計ですか。ぼくの時計はいま十二時十五分すぎです」と、いいかけて、俊助はドキリとしたようにまゆをひそめると、「先生、これはふしぎです。この大時計はいま十二時十分を指していますね。ところがぼくがさっき、この大時計が十二時を打つのを庭で聞いたのですが、そのときなにげなくぼくの時計と合わしてみたところが、キッチリと合っていました。それがわずかのあいだに五分おくれるなんて、これはいったいどうしたことでしょう」

「だれかが、この時計にさわったのだね。そうだ、秘密のカラクリはこの時計にある」

矢田貝博士はつかつかとその時計のそばによって、しばらくにらんでいたが、ふと俊助のほうをふりかえると、

「三津木くん、きみがさっき唐沢さんの悲鳴を聞いたのは何時ごろだったかね」

「そう、あれは十二時を打ってまもなくでした」

「よし！」

と、うなずいた矢田貝博士、目がキラキラとひかったかと思うと、まがっていた腰さえきゅうにシャンとして、

「三津木くん、すまないが、この時計の針をもう一度十二時のところにやってくれたまえ」

「十二時に――？　どうするのですか、先生」

「まあ、いい。なんでもいいからやってくれたまえ」

俊助はふしぎそうにのびあがって、時計の針をクルクルとまわす。一時、二時、三時、四時、五時――時間はすばらしいいきおいですぎていくと、やがてふたたび針は十二時のところでかさなった。

ボーン、ボーン、ボーン。

ゆるやかな音が十二時を打ちはじめる。ふたりはそれを聞くと、手に汗を握って時計をじっとみつめている、やがてボーンと最後の十二の音が、ゆるやかなひびきを残してきえていった。――と、そのとたん、ふいにギリギリとみょうな音がしたかと思うと、

すばらしいいきおいで下のガラス扉がパッとひらいたのだ。

あっと叫んで俊助は、思わずうしろへとびのいたが、次のしゅんかん、いきなりガラス扉のなかにおどりこむと、ゆるやかにうごいている振り子を押しのけて、しばらく時計のなかを探っていたが、ふと手にさわったのは小さいボタンだ。

「あ、先生、みょうなものがありますよ」と、しばらくそれをまさぐっているうちに、なにげなくグイとおすと、これはどうしたことだろう。ふいに大時計の奥が、スルスルと床のなかに吸いこまれていったではないか。いやいや、時計の奥ばかりではない。ちょうどその裏がわにあたっている壁さえも、スルスルと下へくい込んで、そこにポッカリと、人が出入りをするだけの穴があいたのである。

「これだ！」と、俊助はほかのふたりを振りかえって、

「先生、これが抜け道です。鉄仮面のやつ、ここから唐沢さんをひっさらっていったのですよ」

「よし、それじゃわしがはいってみよう」

と、矢田貝博士はそれを見るなり、まっ先にこの穴のなかへはいっていこうとする。なにを思ったのか三津木俊助、

「先生、しばらく待ってください。穴のなかにはどんな仕掛けがしてあるかわかりませんよ。どうでしょう、ぼくと進くんが取りあえず探検してきますから、先生はここで見張りをしていてくれませんか。どういうはずみに悪党どもが、こちらのほうへ逃げてく

るかも知れませんからね」

「なるほど。それもそうじゃ。ではわしはここで番をしていてやろう。きみたちいってきたまえ」

「進くん、それじゃきみもゆこう。きみ、こわいことはないだろうな」

「だいじょうぶですよ。先生、おじさんのかたきです。ぼく、どんなことでもやりますよ」

ニッコリとほほえみをうかべた御子柴進、早くも自分から進んで穴のなかへもぐりこもうとする。

「ふむ、きみはなかなか勇敢な少年だね。よしきたまえ。先生、それじゃあとはねがいますよ」

と、三津木俊助、片手に懐中電燈を持ってキッと身がまえると、ぐずぐずしてはいられないとばかりに、まっ暗な通路のなかにおどりこむ。

おそらく、壁と壁のあいだをくりぬいた通路なのであろう。ひとりの人間がようやく通れるくらいのせまい道なのだ。歩くたびにザラザラと壁土がこぼれて、息がつまりそうな暗闇がのしかかるようにふたりの上におおいかぶさってくる。

「進くん、気をつけたまえ。どこに悪者がかくれているかもしれないからね」

「はい、だいじょうぶです」

壁をつたわってものの五メートルもいくと、そこに危なっかしい階段がある。でこぼこと石をきざんだような階段なのだ。

「階段だぜ、気をつけたまえ」

うしろへ注意しながら、俊助はその階段をおりていく。一段、二段、三段――階段はぜんぶで十八段あった。それをおり切ると、こんどはまたせまいトンネルだ。

「ふうむ、ずいぶん大仕掛けなことをやりやがったものだな。いったい、いつのまにこんな工事をしたのだろう」

進はもくもくとして、俊助のあとから歩いていたが、ふと思いだしたように、

「あ、そうです。去年の秋、おじさんは三か月ほど、家をあけて旅行していたことがありますが、そのあいだ、あの恩田のやつが、この家をあずかっていたのです。この工事はきっと、そのあいだにやったにちがいありませんよ」

それからまた、ふたりは無言のまま進んでいく。トンネルはしだいに広くなってきた。ところどころ土がくずれて、水の噴き出している箇所が見える。ふいに俊助は何を見つけたのか、あっといって立ち止まった。

「ど、どうかしましたか」

「見たまえ」

と、俊助は身をかがめるとなにやらひろいあげて、それをてのひらにのせると、進のほうにさしだした。

「きみ、このボタンに見おぼえはないかね」

っていたボタンですよ」

「ああ、これはたしか、おじさんのパジャマについていたボタンですよ」

「ふむ、すると、いよいよ唐沢さんはここから連れだされたのにちがいないね」

「セ、先生、おじさんはまだ生きているでしょうか。それとも——」

「しっ、進くん、そんなことを考えちゃいけないのだ。とにかく、ゆけるところまでいってみよう」

ふたりはまたもや、闇のなかを進んでいく。地下道はいよいよせまくなって、しまいにははっていくよりほかにしようがなくなった。空気はいよいよ重苦しく、ひょっとすると、このままおしつぶされてしまうのではないかという気さえする。一メートル、二メートル——四つんばいになったふたりは、まっ暗ななかをもぐらのように進んでいく。

ふいに先に立った俊助が、おやというように首をかしげた。

「先生どうかしましたか」

「進くん、きみには聞こえないかね、あのサラサラという風の音が……」

「ああ、聞こえます。それにさっきからくらべると、だいぶ息がらくになりましたね」

「ふむ、してみると、いよいよ地下道の終わりへきたのかな、とにかく、急いでいってみよう」

これに力が湧いたふたりが、まっしぐらに闇のなかを進んでいくと、ふいにバッタリ俊助は、冷たい土の壁に鼻をぶっつけた。

「おや」

と、俊助がひるんだとたん、進がいきなり、

「あ、先生あんなところに星が見えます」と、叫んだ。

なるほどあおげば、まっ暗ななかに、キラキラと星が美しくまたたいているのが見える。

「進くん、これはなんだ。どこかの古井戸の底にちがいないぜ、どこかそのへんにはしごのようなものがかかってやしないかね」

進はのびあがって手さぐりに、そのへんをさぐっていたが、やがて、

「あ、ありました、ありました」

と、いう声に、俊助がサッと懐中電燈を照らしてみると、なるほど上のほうからなわばしごが一すじダラリとたれているのだ。

「しめた！　進くん、ぼくが先にのぼってみるから、きみもきたかったらあとからきたまえ」

俊助はそういうと、すぐさま、猿のようにそのなわばしごをつたわっていく。進もおくれずに、そのあとからついていった。

ああ、このときかれらは、もう少ししんちょうにあたりの様子を見るべきだった。なぜならば、ようやくこのなわばしごをのぼりきった俊助が、なにげなく井戸のなかから顔を出したとたん、なにやらまっ黒なものが、フワリと頭の上から落ちてきたのだ。

「あっ、しまっ……」と、いいかけたが、そのことばはとちゅうで消えてしまった。と

思うと、俊助のからだは黒い袋につつまれたまま、スルスルと空中に引きあげられたのだ。

「しめしめ、うまくいったぞ」

暗闇のなかで、二つ三つの影がチラチラとうごいたかと思うと、闇のなかから声がする。聞きおぼえのある恩田の声だ。

「ちくしょうッ！」と、歯がみをしたが手おくれだった。手早くだれかが袋の口をゆわえたから、俊助はいまやまったく袋の鼠《ねずみ》である。

「おい、もうひとりあとからくるぜ。だれだい。あの老いぼれ探偵じゃないかね」

「いや」と、別の声が、「どうやら小僧っ子のようだ」

「小僧っ子？　ちくしょう、進のやつだな、あいつにゃ用はねえ。かまわねえからなわばしごをたたき切ってしまいねえ」

「よし、きた」

と、ひとりの男がなわばしごにむかって、さっと刃物をおろしたからたまらない。途中までのぼっていた進は、

「あっ！」

と、ひとこえ、悲鳴ににた声を残して、まっさかさまに、井戸の底へと落ちていったのである。

それから二時間ほどのちのこと。

深夜の両国橋《りょうごくばし》の上に、一台の自動車がとまったかと思うと、なかから降りてきたのは、恩田をはじめ三人の荒くれ男だった。

「いいかい、だいじょうぶかい。だれもいやしねえだろうな」

「だいじょうぶ、この真夜中だ。だれが見ているものか。早いとこやってしまいねえ」

「よし」と、叫んで、がんじょうな男が、自動車のなかからズルズルと引きずり出したのは、人間の形をした二つの袋、恩田はニヤリと笑いながら、

「おい、唐沢のじいさんに三津木俊助、よく聞きねえよ。唐沢雷太は古狸、いまにお海に沈むだろうというのはこのことさ、ほーら、なむあみだぶつ」

と、叫んだかと思うと、ああなんということだろう。一つまた一つ、二つの袋がくるくると空中におどって、やがて橋からまっ暗な川のなかへ。

ブクブクブク、ブクブクブク。――

川のなかから小さい泡が、浮きあがってきたかと思うと、あとはまたもとのような静けさ。

その翌日、東京都民は、世にもおそろしいニュースを新聞紙上に発見した。袋づめになった唐沢雷太の死体が、佃島《つくだじま》の近くに浮きあがったというのである。ああ、鉄仮面のあのぶきみな予告は、はたしてうそではなかった。唐沢は歌のもんくにあったとおり、まるで泥舟に乗った狸のように、ブクブクと海底に沈められたのである。しかも生きな

がら。——

このニュースは東京都民を身ぶるいさせるにじゅうぶんであった。なんというおそろしいばかりの冷たさ、なんという残酷さ、たとえ鉄仮面のがわにどのような正しい理由があるにせよ、その手段のあまりのひどさに、人びとがなんともいえない敵意と憎しみをかんじたのも、まったくむりではなかったのである。

おまけに、鉄仮面は早すでに、ふたりまでも、つみのない者を殺しているのだ。折井律太に三津木俊助。——

ああ、三津木俊助もついにあの鉄仮面の魔の手には手むかうこともできなかったのであろうか。警察ならびに新日報社では、おそらく俊助も唐沢とともに、生きながら水葬《すいそう》礼《れい》にされたのにちがいないと、必死となって隅田川《すみだがわ》の上下を探したのだったが、ふしぎと、かれの死体はどこからも発見されなかった。しかし、たとえ死体が発見されなかったにもせよ、あのげんじゅうな袋づめのまま、水中に投げこまれたのだから、万に一つも生きている見こみはあるまい。

こうして人びとが腕ききの新聞記者の死を悲しみ、残酷な鉄仮面を憎んでいるとき、とつじょとしてふたたびあの奇怪な新聞広告が現れたのである。

鉄仮面の予告なのだ。大胆ふてきな鉄仮面の犯罪広告なのだ。しかも、こんどの犠牲者は、花のような美しい娘。

ある朝、人びとは次のような奇怪な広告を見たのである。

欲ばりばばあは欲ばって
　お化けのつづらをしょいこんだ
親の因果《いんが》が子にむくい
　香《か》椎《しい》文代《ふみよ》のいじらしさ

例によってそういうもんくの下には、お化けのつづらをひらいた欲ばりばあさんが、びっくりして腰をぬかしている場面が、まことにへたくそな筆でかいてあった。しかもそのばあさんの顔が、あの有名なミュージカル女優、香椎文代の写真になっていることも、また、つづらのなかから、ニョロニョロと首をだしているロクロ首が、鉄仮面をかぶっていることも、ほとんどカチカチ山の場合と同様であった。

さあ、世間のさわぎといったらお話にならない。それもそのはず、香椎文代といえば、いま東京じゅうのファンの人気をひとりでしょいこんでいるほどのたいした人気者。その人気者が、相手もあろうに鉄仮面にみこまれたのだ。あの幽霊のような鉄仮面に。——

こういうさわぎのまっさいちゅうに、新日報社の三階の会議室では、きょうもまたひそひそと密談がつづけられている。

「いや、どうしてもわれわれは、この鬼のような、鉄仮面と戦わねばなりません。たとえ会社がつぶれても、あいつをたおさなければわたしは承知しません」

顔を赤くし、きっぱりとそういいながら、ずらりといならぶ重役たちの顔を見わたしたのは、いわずと知れた鮫島編集長だ。

「考えてもみてください。われわれはすでに、ふたりまでもよい社員をあいつのために犠牲にしている。そのとむらい合戦です。鉄仮面をたおすか、この新日報社が敗れるか、われわれは最後まで戦いぬきましょう」

そういったときには、部下思いの鮫島編集長の目には、キラリと涙さえひかっていた。部下を思うその気持ちには、だれも打たれずにはいられなかった。さっきまで、この無意味で危険な争いをやめさせようとして反対していた他の重役も、これには一言もなかった。

こうして一同がひっそりとして声なく、しいんと静まりかえったとき、ふと席の片すみから低い声をかけた者がある。

「いや、鮫島編集長のご決心をうけたまわって、わしもつくづく感心しましたわい。いや、とうぜんそうあるべきでございましょう。社の面目にかけても、また新聞社のつとめとしても、そうなければならぬはずですわい」

その声に一座の人びとが、ハッとしてふりかえれば、いつの間にはいってきたのやら、あの矢田貝博士が、例によって度の強い近眼鏡の奥から、まぶしそうな目をショボショボとさせているのである。

「ああ、先生よくいらしってくださいました。お待ちしていたところです。どうぞこちらへ」

「はい、はい」

と、矢田貝博士は、すすめられるままに、鮫島編集長のまえの椅子にどっかと腰をおろすと、

「しかし鮫島さん、あなたはこの鉄仮面を捕らえるについて、なにかいい知恵がおありかな」

「いや、それがないので、弱っています。なにしろむこうは、幽霊みたいな、とらえどころのないやつですから」

「そ、そこじゃて」

と、矢田貝博士はきゅうにからだを前へ乗り出すと、

「わしはもう、こんな口出しをする資格がないかもしれません。なにしろ唐沢さんの場合には、あのように失敗したんですからな」

「いや、先生、決してそのようなけんそんにはおよびません。お考えがあったら、ぜひ、おっしゃってください」

「そうかの。そういわれればいうが、これはこちらもひとつスパイを使ったらよかろうと思う」

「スパイというと？」

「そう、この前もお話ししたように、唐沢さんの場合には、あらかじめ恩田というやつを、ボデーガードとして住みこませていたぐらい、悪知恵にたけた鉄仮面のことじゃ。

こんどじゃとて、香椎文代のまわりに、スパイがかならずつきまとっている。そこで、こちらでもひとつその裏をかいて、だれかを文代のまわりに住み込ませておくのですな」

「なるほど、しかしそれがそううまくいくでしょうか」

「いかぬこともなかろう。そのスパイになる人物しだいじゃ。ところでちょうどさいわい、きょう新聞の三行広告に、このような広告がでているのを、あなたはご存知かの」

そういいながら、矢田貝博士の取りだした新聞を見ると、そこには次のような三行広告がのっているのだ。

> 大学出の感じよき女性を求む。新宿
> つきびと採用　給料やくわしいことは面会の上。
> 香椎文代

「ほほう」

と、鮫島編集長は思わず目をみはった。

「これはおあつらえむきですね」

「そう、しかし、問題はそのつきびとになる人物じゃが、あなたにだれか心あたりがありますか」

鮫島編集長はしばらくだまって考えていたが、やがてニッコリとして顔をあげると、なにを思ったのか、いきなりジリジリとベルをならす。と、そのベルにこたえて現れたのは、あの美人の女秘書桑野妙子である。

「なにかご用でございますか」

「桑野くん、ちょっとこの新聞を見てくれたまえ」

妙子は指さされた三行広告の上にすばやく目を走らせたが、すぐにいぶかしそうな目をあげる。

「桑野くん、用事というのは、ほかでもない。きみにひとつ、香椎文代のところに、住み込んでもらいたいのだが」

「え？」

妙子はさっとまっさおになった。

「あのわたしが……」

「そうじゃ。そのわけは、いうまでもあるまい。香椎文代は鉄仮面にのろわれている女だ。そしてその鉄仮面は、きみの尊敬していた三津木俊助くんのかたきだ。どうだ、むずかしい役目だが、この大役をやってくれる気はないかね」

妙子はしばらく、だまりこんだまま考えていた。顔色がまっさおになって、両のこめかみからタラタラと汗が流れた。だがふいに思いあまったように、妙子はワッとその場に泣きふすと、

「やります、やります！　わたしきっとこの大役をやってみせます、三津木先生のために――」

と、決意をこめていいはなったのである。

それからちょうど、一週間ほどのちのこと。ここは香椎文代が出演して、多くのファンの人気を集めているミュージカルを上演ちゅうの、東都劇場の楽屋である。

「妙子さん、あたしもうこわくて、こわくて……」

三面鏡にむかって、いましも美しい女王のメーキャップをおわったばかりの香椎文代は、くるりと椅子をまわすと、涙ぐんだ目で、ちかごろやとったばかりのつきびとの桑野妙子にうったえるようにいった。

「おじょうさま、だいじょうぶですったら。そのためにこうして、劇場のまわりには、おおぜいの警官や刑事がはりこんでいてくださるんですもの」

「だめよ、妙子さん、警官なんてにんぎょうも同じことよ。だってあなた唐沢さんの事件をご存知でしょう。あのときだって、げんじゅうな警戒をしていたのに、けっきょくなんにもならなかったというじゃありませんか。ああ、妙子さん、あたしこわい。ねえ、あたしのたよりにするのは、ほんとうにあなたひとりよ。あなた、どうぞ、いつまでもあたしのそばをはなれないでね」

「おじょうさま、どうしてきょうにかぎってそんなことをおっしゃいますの。ええ、ええ、わたしあなたのほうがいやだとおっしゃっても、決しておそばをはなれないつもりでございますわ」

「ありがとう。妙子さん」

と、文代はうっすらと涙の浮かんだ目で妙子を見ながら、

「あたしね、なんだかあなたが他人のように思えないのよ。さいしょお目にかかったときから、あたし、あなたがやさしいお姉さまのような気がしてならないの」

「まあ、もったいない、おじょうさま」

「いいえ、ほんとうなのよ。妙子さん、まあ聞いてちょうだいな。あたしのようなくらしをしていると、さぞはなやかな、楽しいことばかりだろうとお思いになるでしょう。でも大ちがいよ。あたしには親もなければ兄弟もない、それこそさびしいひとりぽっち。妙子さん、あなたあたしのお姉さまになってくださらない」

　妙子は今年二十一、そして文代は二つ下の十九、どちらがどっちともいえないほど、美しい少女だった。さすがに妙子は年かさであり、新聞社というようなところに勤めているだけあって、年齢ににあわずしっかりしたところがあるのに反して、文代はまだほんの子供っぽい、いかにもあどけない美しさだった。

　しかしよくよく見ていると、このふたりはどこか共通したところがあった。美しい顔形のどこかにあるさびしさ——それはふたりの境遇からきているのかもしれない。なぜなら妙子も文代と同じくこの世のなかでたったひとりの孤児であったから。

「おじょうさま、お姉さまになるなんてもったいない。でも、わたしもうどんなことがあってもあなたのそばははなれませんわ。わたしきっと、きっと、おじょうさまの身をおまもりいたしますわ」

文代にやとわれるようになってから、妙子はこの年若いミュージカルの人気者を、おじょうさまと呼んでいるのである。

「おじょうさま、でもわたしふしぎでなりませんわ。あなたのようなおやさしい人を、なんのうらみで鉄仮面はつけねらっているのでしょうね」

「妙子さん」

と、文代はさびしげに目をふせて、

「あたしにはその理由がちゃんとわかっているのよ。あなたもあの広告に、親の因果が子にむくい、とあったのをご存知でしょう。あたし、亡くなった父の悪事のむくいを受けておりますのよ」

「まあ!」

「わたしの父は香椎弁造《かしいべんぞう》といって、かなり有名な検事だったんですって。そして生きているうち、このあいだ殺された唐沢雷太さんとはとても仲好しだったといいますから、何かきっとふたりで、あの鉄仮面にうらまれるようなことをしたのにちがいありませんわ。あたしそのむくいを受けておりますのよ」

「まあ、だって、それは何もあなたの知ったことじゃないじゃありませんか」

「ええ、でも、相手にすればよっぽどくやしいことがあったにちがいありませんわ。父はずいぶんきびしいいじのわるい人だったといいますから。——でもね、じぶんの娘にまでたたるような、どんなおそろしいことをしたのかと思うと、あたしもうこわくてこわくて……」

　文代はそこまでいうと、ワッとばかり泣きふすのだ。妙子はなんといってなぐさめていいかわからない。かわいそうに、なにも知らぬこの美しい少女が、いかに父のむくいとはいえ、こんな苦しみを味わわねばならぬのかと思うと、妙子ははらわたをちぎられるような同情をかんずるのだ。

　文代はしばらくしてふと顔をあげると、

「まあ、あたしとしたことが、こんなつまらないお話をして、ごめんなさいね。あら、あれ開幕のベルじゃないかしら」

　文代はいそいで涙をふくと、その上にかるくおしろいをたたきつけながら、

「ねえ、こんなおそろしい思いをしながら、やっぱりお客さまのまえで、笑っておどらねばならないなんて、ずいぶんいやな職業ね」

　と、そういいながらも、文代は、さびしい微笑を浮かべて、大急ぎで楽屋を出ていった。

　あとに残った妙子は、しばらくもの思わしげな顔をしてじっと考えこんでいる。やがて文代が舞台に現れたのだろう、割れるような拍手の音が、どっとなだれをうつようにここまで聞こえてくる。妙子はそれを聞くと、ふと立ち上がって、楽屋から出たが、そのとたん、彼女はギョッとして、そこに立ちすくんだ。

「まあ、そこにいるのはだれ？」

「へへへ、あっしですよ、おじょうさん」

そういいながら、うす暗い道具うらから、ひょっこりと顔をあげたのは、つい近ごろ、この劇場へやとわれてきたばかりの、仙公《せんこう》という少しにぶい大道具係である。まだ若い男だが、顔じゅうにぶしょうひげをはやした熊のような男。おまけに左のひたいからあごへかけて、おそろしい傷あとがあるのが、なんともいえぬほどものすごいのだ。

妙子は思わずぶるぶると身ぶるいをしながら、

「あなた、いったいこんなところで、なにをしているのよ。ここは、あなたなんかのくる場所じゃないでしょう」

妙子はふと、この男、鉄仮面のまわし者じゃないかしらと考えて、きゅうにおそろしくなってきた。

「なあに、その、ちょっと用事がございまして、おじょうさんは相変わらずお美しいですな。へへへ」

「まあ、いやだ、あっちへいってちょうだい。二度とこんなとこでまごまごしていると、支配人に、いいつけますよ」

と、妙子が声をふるわしていったときだった。何ごとが起こったのか、観客席から、ワーッという叫び声。

「あら！」

「なんだ、あれは！」

きっとふりかえった仙公の様子には、いままでのようなにぶいところはひとつもない。妙子はいよいよあやしいと思ったが、それよりも気になるのはあの観客席のさわぎ方。ワッと総立ちになるような物音、劇場をゆるがすような叫び声、悲鳴、どなり声。――「ああ、鉄仮面だ！　鉄仮面だ！」

「助けてえ！」と、いう声も聞こえる。

ハッと色を失った妙子が、仙公とともにほとんどひととびのはやさで、舞台の袖口《そでぐち》まできて見ると、ああ、これはなんとしたことだ。

観客席の上にぶらさがった、花のような大シャンデリアが、あたかも嵐《あらし》にあった小舟のように、ユサユサと大きくゆれて、飛び散る切り子ガラスのかざり、花の玉があられとびとんで、しかもその大シャンデリアの上に、コウモリのようにハタハタと羽をひるがえしながら、吸いついているのは、ひと目で知れるあの気味悪い鉄仮面――鉄仮面なのである。

舞台を見ると、まっさおになった香椎文代が、あたかも蛇《へび》にみいられた蛙《かえる》のように、力なく、ぼうぜんとして突っ立っている。

舞台の上のこの花の女王と、大シャンデリアの上の鉄仮面と、さらに舞台わきに突っ立った妙子と仙公と――ごったがえすような劇場のなかに、この四人が向き合うこと一しゅん、とつじょ、鉄仮面の唇から、世にも奇怪な笑い声がもれてきた。すすりなくようなな、ばかにするようなな、あざけり笑うようなな、なんともいえないおそろしい、おそろしい笑い声、唐沢の寝室から聞こえてきたと同じあの笑い声が……。

奇々怪々の傷男出現

人びとは一しゅんの間、身うごきもしないでシーンと息をのんだまま、大シャンデリアにぶらさがっている、この奇怪な人間コウモリの行動を見まもった。

――と、このときである。鉄仮面はふと、気味悪い笑い声をやめると、二重マントの袖《そで》の下から取りだしたのは、奇妙な一ちょうの弓と、一本の白羽の矢。ヤモリのように大シャンデリアに吸いついたまま弓に矢をつがえると、こいつをキリキリと引きしぼったから、おどろいたのは観客である。

「わっ!」と、声をあげてふたたび観客席のなかで大きくなだれをうち返した。

鉄仮面はしかし、そういうさわぎには目もくれず、引きしぼったねらいのまとは、まさしく舞台の上の香椎文代をさしている。二、三度その矢先が空中でフラフラとさまよったかと思うと、やがてピタリとうごかなくなった。ねらいはきまった。弓づるが満月のようにキリリと引きしぼられた。やがて、ビューンとかすかな音を立てながら、白羽の矢は白い直線をつくって、ななめにサッと空をきって舞台のほうへ飛んできた……。

と、そのしゅんかんである。いままで舞台の袖に立ちすくんでいた桑野妙子が、あっと叫ぶと、まりのように舞台へとびだして、いきなり文代のからだをかかえると、ふたりともころげるように舞台にからだをふせた。あのおそろしい白羽の矢が、文代の頬をかすめて、うしろにあるこしらえものの立木に、グサッと突き立ったのはじつにそのしゅんかんだった。ねらいははずれたのである。

「おじょうさま。この間に早く、早く」

「あ、妙子さん！」

むちゅうになって妙子のからだにすがりついた文代の顔は、土のようにまっさおだ。あまりのおそろしさに、からだじゅうの力がツーッとぬけてしまって、起きなおることもできないのである。

「おじょうさま、しっかりあそばせ、ぐずぐずしている場合じゃありませんわ」

「ありがとう。妙子さん」

と、文代は涙ぐみながら、

「でも、あたしもうだめよ」

「だめ？　まあ、そんなことございますものか。あれ、また二本めの矢をつがえておりますわ」

「だって、だって、妙子さん、あたしもうだめなのよ。だめだわ。あいつにのろい殺されるんだわ。あたしより、あなた危ないから早く逃げてちょうだい」

「いいえ、わたしなんか、どうでもいいのよ。そんな弱気で、あなたどうなさいますの、あ、あれえッ！」

叫び声もろとも、文代のからだをおしころがして、妙子ががばとその上に身をふせたそのとたん、二本めの矢がピューッと風をきってとんできた。しかし、その二本めもねらいははずれたのだ。すぐそばの床に突っ立って、ブルンブルンと矢羽根をふるわせているその気味悪さ。

なにを思ったのか、妙子はふいにすくっと立ちあがった。見ればあのシャンデリアの上では、鉄仮面が、さらに三本めの矢をとりだしている。しかも、この奇怪さに気をのまれた客席の観客は、たれひとり、舞台の上の少女たちをすくおうとはしないのだ。

妙子はツツーと、床をはうように、舞台からもとの袖のところに引きかえしてきた。そこには幕を開閉するための太いつながまきつけてある。妙子はやにわにそのつなに手をかけたが、むすび目をとくのさえ気がせかれる。とっさの機転であらかじめ護身用にと持っていたふところの短剣をギラリと引きぬくと、はっしと、つなの上に振りおろしたからたまらない。たちきられたつなが、くるくると空中に躍ったかと見ると、重い幕が左右から、さっと風をまいて、舞台の正面に落ちてきた。

三本めの矢は、はっしとばかりに、この幕の上に突っ立ったのである。

夢からさめたように、どっとばかりに観客席から起こるどよめき。

鉄仮面は仕そんじたとばかりに、歯をかみならし、幕の上をにらんでいたが、やがてサッと弓を投げすてると、二重マントの袖をハタハタとひるがえしつつ、スルスルスル、猿のような身軽さで、シャンデリアの心棒をのぼっていくのだ。その重みにたえかねて、大きなシャンデリアがユサユサと左右にゆれると、花のかざりがカチカチと音を立ててふれ合い、切り子ガラスの玉が、あられのように、ちぎれてとんだ。

「ああ、逃げる、逃げるぞ」

「てんじょうだ、てんじょうだ」

相手が逃げるとみてにわかに勇気をとりもどした観客が、口ぐちにわめきながら眺めるうちに、鉄仮面はシャンデリアの心棒をのぼりきって、唐草もようを描いたてんじょうを下から見あげる。

と、見ると、いつの間にくり抜いてあったのか、てんじょうの花模様が、ポッカリはずれて、そこに一メートル平方ばかりの穴があいたのだ。

「あっ」

と、いまさらのようにぎょうてんした観客たち。

「あ、てんじょうだ、てんじょううらへ逃げる」

「屋根うらだ。いや、屋上へ逃げるのだ」

と、口ぐちにどなっているのをしりめにかけて、ゆうゆうと、その穴のなかへもぐりこむと、なんというにくにくしさであろう、鉄仮面は帽子をとって、大げさなおじぎをすると、そのままてんじょううらの闇にぬりつぶされてしまったのである。

相手のすがたが見えなくなると、きゅうに強くなるのがやじうまの特徴である。

「あっちへ逃げた、あっちへ逃げた」

「いや、屋上だ。屋上から逃げるのだ」

と、ばかりに、いままで鳴りをしずめていた観客が、にわかに活気づいているところへ、ようやく知らせによって警官の一行がかけつけてきた。

「鉄仮面はどこだ。鉄仮面はどこへ行った」

「鉄仮面はてんじょううらです」

それっとばかりに警官の一行と、やじうまの一団が、ひとかたまりになって、せまい劇場の階段をのぼっていったころ、こちらは妙子である。

気を失うようにぐったりとしている文代のからだを抱いて、やっともとの楽屋へ帰ってきたところへ、バラバラとおおぜいの座員がおびえたような目をしてかけつけてきた。

「まあ、よかったわね。文代さん、一時はあたしどうなることかと思って、ずいぶん気をもんだわ」

いろとりどりの服装をしたおどり子たちは、文代のぶじなすがたを見るとはや涙声なのだ。

「ありがとう。みなさんにもご心配をかけてすみませんね」

「あら、そんなことなんでもないわ、ねえみなさん。それよりもあなた、どこにもおけがはなくって」

「ええ、おかげさまで。それもこれもみんな妙子さんのおかげよ」

と、文代はあたりを見まわして、

「あら、妙子さんといえば、どこへいらっしゃったのかしら」

「ああ、あのつきびとのかた？　あのかたならあたしたちにあなたのことをたのんでおいて、すぐまたここから出ていかれたわ。でもだいじょうぶよ、なにも心配なさることはないのよ。あたしたちがこれだけおおぜいついているんですもの。たとえ鉄仮面だってなんにもできやしないわよ。ねえ、みなさん」

「ええ、そうよ、そうよ。鉄仮面のやつが出てきたら、あたしこの爪《つめ》でひっかいてやるわよ」

なにしろ女の子ばかりの楽屋のことだから、そのにぎやかさときたらお話にならない。こういうさわぎをあとにして、ふたたび楽屋から舞台うらにさまよいでた妙子は、あちらのすみ、こちらのものかげと気をくばりながら、うす暗い大道具のあいだをひそかに歩いていた。

鉄仮面はまだ捕まらないとみえる。てんじょうをふみ抜くような荒々しい足音とともに、

「あっちだ、あっちだ！」

「いや、こっちにはいないぞ。どこかそのへんにかくれてやしないか」

などという声が、つつ抜けに聞こえてくる。

それに引きかえて、この舞台うらの静けさ。張りぼての岩だの松だの、やぶだたみだの、そういう大道具をおきならべたひろい舞台うらは、ガランとして人けもなく、高い

てんじょうからぶらさがったはだか電球がぶきみにも、あたりにふしぎな暗い影をなげかけている。

妙子はしのび足で、そういうさびしい大道具のあいだを歩いていたが、するとそのとき、コトリというかすかな物音。

ハッとしてすばやく物かげに身をひそめた妙子が、あたりの様子に気をくばっていると、そのとき舞台の上から、一本のつなをたよりにするすると、舞台うらへおりてきた者がある。

あの奇怪な大道具係の仙公なのだ。

仙公はそんなところに妙子がかくれていようとは、夢にも気がつかない。ひょいと身がるにとびおりると、そのままじっと床の上にうずくまってあたりの様子をうかがっている。その様子がただごととは思えない。

さっきから、この男をあやしいとにらんでいた妙子は、これを見るといよいよこのままではすまされなくなった。ソッとふところの短刀に手をかけると、そのままジリジリと、相手のうしろに近づいていく。仙公はまだ気がつかない。

あいかわらずクモのように、うす暗い床に身をふせたまま、じっとむこうのほうをにらんでいる。なにを見ているのだろうと、妙子が、その視線をたどっていくと、むこうにあるのは、張りぼての大きな岩なのだ。

「ちょっと、あなた、こんなところでなにをしているのよ」

仙公はその声にぎょっとしたように顔をあげると、

「あ、妙子さん」

と、いったが、すぐ気がついたように、

「おじょうさん、ほらむこうの岩の上にみょうな物が……」

「みょうなもの？　みょうな物っていったいなに？」

「ほら、ごらんなさい。なんだか変なものがフラフラうごいていますぜ」

妙子は半信半疑で指されたほうに目をやったが、ふいにサッと色を失ったのだ。まさしく、うす暗い舞台うらの、こしらえものの岩のあたりに、なにやらえたいの知れぬしろものが、幽霊のようにフラフラと浮いているではないか。

「あ、鉄仮面！」

と、妙子は思わず仙公にむしゃぶりついた。

そうなのだ。岩のかげから半身をのぞかせて、じっとこちらを見ているのは、たしかにあの鉄仮面。――半月型の唇が、あざ笑うように、ニュッとまくれあがって、つめたい鋼鉄のお面がギラギラと闇のなかにひかっている気味悪さ。

一しゅん、二しゅん。――

妙子と仙公のふたりは、じっと相手の様子をうかがっている。鉄仮面のほうでもうごかない。息づまるようなにらみあいなのだ。

だが、ふいに仙公がおやというように首をかしげた。

「どうも変ですね。おじょうさん、鉄仮面のやつ、いやにフラフラしているじゃありませんか」

「そうね」

と、妙子が首をかしげたとき、なんと思ったのかふいに仙公がつかつかと岩のそばへかけよると、いきなり鉄仮面に抱きついたから、おどろいたのは妙子だ。

あっというまもない。仙公のやつ、鉄仮面のからだを抱きすくめると、まるで頭がおかしくなったように、ゲラゲラと笑い出した。

「まあ、いったいどうしたの」

「大笑いだ。おじょうさん、ちょっとこっちへきてごらんなさい。まんまと一ぱいくわしやがった」

「鉄仮面じゃなかったの」

「鉄仮面は鉄仮面でも、ただのぬけがらでさあ、ほら、お面と二重マントをぶらさげてまんまと一ぱい食わしやがったのですよ」

妙子はきゅうに、からだじゅうの力が抜けるような気がした。がっかりしたように、仙公のそばへよってみるとなるほど、かれの手にあるのは、しわくちゃになった二重マントと、あの奇怪なお面がただひとつ。

「ちくしょう。この調子でみると、鉄仮面のやつはとうの昔にずらかっちまったにちがいありませんぜ」

「お面をぬいで逃げたのね」

「そうですよ。こんなお面をかぶってちゃ、すぐ捕まっちまいますからね。おや、これはなんだ」

仙公がふとみょうな声をあげたので、なにげなく妙子が見ると、二重マントの胸に一枚の紙片がピンで止めてあるではないか。手早くピンを外して読んでみると、

　今日はみごとおれの負けだ。だがこのままではおかないぞ、もうひとりの犠牲者を先にやっつけてから、いずれゆっくりと香椎文代の料理に取りかかる。桑野妙子よ、おぼえていろよ。今夜の礼はきっとするぞ。
鉄　仮　面

「あっ」

と、妙子はそのおそろしい脅迫状を読むと、思わずまっさおになった。

「おじょうさんのことが書いてありますね。おじょうさん気をつけなきゃいけませんぜ。あいつににらまれたら、どんなことになるか知れたものじゃありませんぜ」

「ええ」

と、妙子の返事もさすがにふるえている。

「それにしても、もうひとりの犠牲者とはだれのことだろう。いったい、鉄仮面のやつは何人殺《や》っつけたら、腹の虫がおさまるのかな」

大道具係の仙公が思わず小首をかしげたときである。どやどやと入りみだれた足音とともに、警官の一行が屋根うらからおりてくる様子だ。それを見るなり大道具係の仙公、二、三歩タタタと岩からかけおりると、

「おじょうさん」

と、ふりかえって、

「今夜はこれで失礼。あんたも、気をつけなさいよ。ご縁があったらいずれまた、お目にかかりましょう」

「ああ、ちょっと待って！」

と、おいすがる妙子の頭から、すっぽりと例の二重マントをおっかぶせると、そのままサッと身をひるがえして、舞台うらの闇のなかをはやいずこともなく。――

ふしぎなこの大道具係の仙公、いったい、かれは何者であろう。

それはさておき、しらせによって、矢田貝博士がかけつけてきたのは、それからまもなくのことだったが、そのときはすでにおそかった。鉄仮面のすがたはもはやどこにも発見されなかったのである。


東都劇場でこういう大事件があってから四、五日後のことである。

話かわって、本所《ほんじょ》は小名木川《おなぎがわ》のかたほとり、小名木川が隅田川に流れこもうとするその三角地帯の上に、ふしぎな一軒の洋館がたっている。もとはさる造船会社の技師長が

住んでいたのだが、その技師長が転任になって地方へ引っ越していったあと、ながらく空き家になっていたのを、ちかごろあたらしく移ってきた人があるとみえて、ときおり、コンクリートの塀のなかへ出入りをする人間のすがたが見える。

表にかかった表札を見ると、

東座蓉堂《ひがしざようどう》

と、ただそれだけ。

東座蓉堂とはみょうな名前だが、きみたちはこの名前を見て何か思いあたるところがありはしないだろうか。

この物語の一番さいしょの場面で、思いがけなくとんできた短剣のために生命をおとした、新日報社の折井記者が、死のまぎわに血文字で床の上に書きのこしたのは、たしか、

テッカメン　トハ　ヒガシ

という文字ではなかったか。

してみると、この東座蓉堂なる人物こそ、あのおそろしい殺人鬼、鉄仮面、そのひとではないだろうか。

これはさておき、近所ではだれひとり、この東座蓉堂という人を知っている者はない。旅行家だとかいう前ぶれで、おりおりすがたを消すかと思えば、またどこかから帰ってくる。色の浅黒い、目つきのするどい、やせぎすで背の高い、いかにも非常にはげしい

感じのする人物であるということだけがわかっている。

この謎《なぞ》のような人物のもとへ、ある日人目をしのぶように、たずねてきたひとりの女がある。黒っぽい洋装に、黒いレースのベールをかぶっているので、どこの何者とも見当がつかなかったが、玄関のベルをおすと、取り次ぎに現れた黒人の男に向かって、

「お父さまいらして？」

と、小声でたずねた。

ふしぎなことには、この洋館には主人の蓉堂をのぞいては、アリと呼ばれるこの黒人の使用人よりほかにはだれひとりいないのだ。

「ハイ、オイデニナリマス」と、そう返事をする。

前から、この婦人を知っていたのであろう。うやうやしく一礼すると、先に立って、そばの応接室へ案内した。

「そう、それじゃね。あたしちょっとお目にかかりたいのだけど、そういってくださらない」

「ハイ」

黒人の男が出ていったあとで、ゆっくりと、ベールを取ったところを見ると、おどろいたことに、女秘書の桑野妙子ではないか。

妙子は椅子に腰をおろそうともせず、ぼんやり部屋のなかを見まわしていたが、そのとき、コツコツと、かるい足音が聞こえてきたかと思うと、やがてこの部屋へはいって

きたのは、これこそだれでもない、この家の主、東座蓉堂なのだ。

「妙子」

と、蓉堂は妙子の顔を見ると、きびしい声でいった。

「何しにきた」

「お父さま、おねがいにあがりましたの」

「おねがい？　どんなことだね」

「お父さま、おねがいですから、文代さんだけは助けてあげてくださいまし」

「なんだと？」

と、ふいに蓉堂の目がキラリとひかったかと思うと、唇がニューとまくれて、まるで狼《おおかみ》を思わせるようなするどい二本の牙《きば》があらわれる。だが、蓉堂はすぐさりげない顔色になると、

「なんのことだね。おまえのいうことはちっともわしにはわからんが」

「いいえ、いいえ、おかくしになってもだめですわ。あたしちゃんと知っています。いま世間をさわがせている鉄仮面とは、ほかでもない、お父さま、あなた……」

「ばか、何をいう！」

と、叫んだかと思うと、東座蓉堂、いきなり、妙子のそばに飛んでいって、鋼鉄のような腕で、妙子の口をふさいだ。

「ばかなことをいうものじゃない。こんなことをひとに聞かれたらどうするのだ」

「お父さま」

と、ふいに妙子はハラハラと涙をこぼすと、

「あなたは、まあ、なんというおそろしい人でしょう。あたしはあなたのご命令によって、新日報社へ女秘書として住み込みました。そして社の事情を、非常にこまかくお父さまにご報告もうしあげました。そのときにはなんのために、そんなことをするのか、じぶんでもわけがわからなかったのですけれど、いまこそはっきりわかりましたわ。あなたが鉄仮面なのです。そして、こんどのようなおそろしい計画をやりとげるために、あたしを新聞社へスパイとして住み込ませたのです」

妙子はそういうと、ワッと椅子のなかへ泣きふした。

蓉堂は苦い顔をして、無言のまま妙子の様子を見まもっている。妙子がお父さまと呼ぶからにはふたりは親娘《おやこ》でなければならぬはずだが、このふたりはちっとも似ていないばかりか、妙子がこれほど歎き苦しんでいるのを見ても、蓉堂の顔には、すこしも父親らしい慈愛のあたたかさは見られないのだ。

「妙子」

しばらくしてから蓉堂はきびしい声でいった。その口調には氷のようなつめたさがあった。

「もし、このわしが鉄仮面だとしたら、おまえいったいどうするつもりだ。おまえ、わしを警察へ突き出すつもりかね」

「いいえ、お父さま」

と、妙子は涙にぬれた顔をあげると、はげしく首をふりながら、

「まさか。あたしにはそんなまねはできませんわ」

「そうだろうな、きっとそうにちがいあるまいな」

と、蓉堂はニヤリと笑いながら、

「かりにも親子と名のついたあいだがらだ。妙子、おまえは五歳のときからわしに育てられた恩を忘れるようなことはあるまいな」

「お父さま、いまさらそんなことを……」

「よし、それならいい、それなら何もいうことはない。さあ、涙をふいてさっさとお帰り」

「だってお父さま、あたしにはもうこれ以上、こんなおそろしい役目はつとまりませんわ」

「妙子、おまえはいまなんといった。五歳のときに、みなしごになって、道ばたで飢え死にしようというところを、このわしにひろわれた恩は、一生忘れぬといったではないか。その恩を忘れないなら、わしのいうことを聞いておとなしくお帰り。矢田貝博士はあいかわらずおまえを信用しているのだろうな」

「はい」

「それは、こうつごうだ。わしが鉄仮面であろうとあるまいと、一番おそろしい敵はあ

の矢田貝博士だ。あいつの情報はいつもくわしく知らせてくれなきゃならんよ」

「だってお父さま、あのかわいそうな文代さんを……」

「ああ、文代か。おまえあの娘のことがそんなに気になるか。よしよし、それでは安心のいくようにいってやろう。あの娘の身の上はここしばらくまちがいはあるまいよ」

「お父さま、それはほんとうですか」

「妙子」

と、蓉堂は、ふいに妙子の肩に手をかけると、じっと相手の目のなかをのぞきこみながら、

「鉄仮面はな、そのむかし、あいつらから世にもおそろしい裏切りを受けたのだ。そのくるしみ、そのみじめな生活、それはとても、おまえなんかの想像できるものではない。鉄仮面はいま、そのふくしゅうをしているのだ。敵は三人あった。宝石王の唐沢雷太と、文代の父の香椎弁造、それからもうひとりの男だ。ふくしゅうは最後までやりとげねばならぬ。そうだ、だれがなんといおうとも」

蓉堂はきっと歯をくいしばり、かみつきそうな目で妙子の顔をながめていたが、きゅうにぐったりとしたように椅子に腰をおとすと、

「はははは、はははは、わしとしたことがつまらない、まるでじぶんが鉄仮面でもあるかのように、はははは、妙子、もうお帰り。そしてわしのほうから呼ぶまで、この家の敷居をまたぐのじゃないよ」

「はい」

と、妙子はしょんぼりと肩をすくめた。それから、なにかしら強いしめしをあたえられたように、このガランとしたさびしい応接間を出ていったのである。

妙子が出ていくと、蓉堂はすぐむっつりと顔をあげてベルを鳴らした。ベルにおうじてすがたをあらわしたのは例の黒人の従者アリだ。

「アリ、用意はできているだろうな」

「ハイ」

「春雷丸はきょうの午後三時、横浜入港の予定だったたな」

「ハイ」

「そして、牧野《まきの》慎蔵《しんぞう》はたしかにその春雷丸で帰国するんだったな」

「ハイ」

「まちがいあるまいな」

「マチガイハ、ゴザイマセン」

「ふうむ」

と、蓉堂はマントルピースの上の置時計をながめ、

「いま、ちょうど一時だ。それじゃぼつぼつ出発することにしよう」

むっくりと椅子から立ち上がったが、きゅうに思い出したように、

「ところでアリ、例の通信はたしかに打っておいたろうな」

「ハイ、打ッテオキマシタ。警視庁ノ名デ、春雷丸一等船客、牧野慎蔵アテニ。――」

「よろしい。それじゃ思い切ってすぐ決行しよう」

そういった蓉堂の顔には、これが人間の表情かと思われるほどの、はげしい憎しみとのろいの色があらわれていたのである。


春雷丸の一等船客、牧野慎蔵はさきほど受け取った通信文を、さっきからふしぎそうに、何度となく読み返していた。そこにはおよそ、次のような意味のことが書かれているのであった。

横浜上陸ハ危険、本牧《ほんもく》沖マデ、ランチデ迎エニ行ク、ソレニテ下船上陸セヨ
警　視　庁

「ねえ、船長、きみはいったいどう思うね。こんな通信が警視庁からまいこんで来たんだがね」

入港準備にいそがしい春雷丸の甲板で、船長をつかまえた牧野慎蔵は、いきなりそう相手の意見をききただしていた。

「ははあ」

と、船長もすばやく、通信の文面に目をさらすと、

「みょうですな。この文面によると、何者かがあなたのご上陸を待って、危害をくわえようとしているように思えますね」

「ふん、そんなことかもしれないな」

牧野は日やけのした、健康そうな顔をしかめると、ふといまゆをピクリとうごかした。年のころからいえば、このあいだ殺された唐沢雷太と、いくらもちがわないらしいが、見たところ、いかにもがっちりしたつらだましいは、ちょっとやそっとの危険にはびくともしないような、ふてぶてしさをしめしている。

それもそのはず、牧野慎蔵といえば政府の特別任務を受けて長らく海外にあって数々の冒険をやってきた人物なのだ。たいていのことにはおどろかないほどの強い人格が、いつの間にやらできあがっているのである。

「ふん、おおかたそんなことだろう」

牧野はにがにがしげに葉巻の先をくい切りながら、青く晴れ渡った海の上をながめた。なつかしい故国の土は、いまやさわやかな青葉若葉につつまれて、すぐ目の前に見えている。何年ぶりかでふむ日本の土。――牧野のような冒険家にとっても、久しぶりに見るこの郷土の景色は、いいしれぬなつかしさをもって胸にせまってくるのだが、しかし、いまやその故国へさえ帰ってくるのはむずかしいらしい。

牧野はちょっとゆううつそうにまゆをしかめたが、すぐあきらめたように、大きく肩をゆすると、口にくわえていた葉巻を海のなかに投げすてた。

「船長、それじゃランチがきたら知らせてくれたまえ。本牧はもうすぐだね」

「そう、もうすぐです。本牧沖では検疫《けんえき》をうけねばなりませんから、しばらく停船します。下船されるなら、そのまにいくらもひまがありますよ」

「そう、それじゃよろしくたのむ。どれ、その間にちょっと荷物をまとめておこう」

牧野は気軽にそういうと、軽やかな歩調で甲板から船室のほうへおりていった。

牧野のような職業にあるものは、味方も多かったが敵も多かった。だからいつなんどき、どんなことがおこっても、おどろかないだけの、修練はできているとみえる。そしてまた、仕事の性質上、警視庁からこういう通信を受け取ることもすこしもふしぜんではなかった。そこに牧野の油断があった。

むりもない、むかしのかれの友人、唐沢雷太のむごたらしい気のどくな死については、かれはまだすこしも知らなかったのだから。


やがて春雷丸は、おだやかな晩春の波をけたてて東京湾へはいってきた。日はうららかに晴れわたって、かもめの群れがマストの上にゴマをまいたようにまいくるっている。船のなかはしだいにせわしくなってきた。それは楽しい上陸をまえにひかえて、船客のみが知る、あわただしいうれしさだった。

やがて、本牧のはるか沖合で船はとまる。検疫官を乗せたランチが、白い波をけたてて近づいてくる。荷揚げ船が巨鯨にたかるイルカのように、わらわらとまわりにむらがってくる。

こういうあわただしいさいちゅうに、水上署の旗を立てた一艘《そう》のランチが、春雷丸の船腹に横づけになった。と、見るとすぐに、警部の服装をした男が、なれた歩調で、タラップをのぼってくると、船長に面会をもとめる。

「はあ、牧野さんですか。牧野さんなら船室にいられるはずですが」

と、船長がこう答えているところへ、スポーティーなゴルフ服を着た牧野が、青年のように元気な歩調で甲板へあがってきた。

「ああ警視庁のかたですな」

と、牧野は警部のすがたを見ると、すぐおうようにそばへ近づいてきた。

「はあ、そうです。牧野さんですな。さきほど打っておいた通信文をごらんくだすったことと思いますが」

「拝見しました。しかし、あれは、いったいどういう意味なんです。わしの身に危険がせまっているなんて、それはどういうわけなんですか」

と、牧野はいくらか、うさんくさそうな目をして、ジロジロと警部の顔を見ている。警部の制服にはまちがいない。背の高い色の浅黒いりっぱな男だ。しかし、大きな黒眼鏡をかけたところが、なんとなく牧野の気にくわないのである。

「お話ししましょう。しかし、これはほかに聞こえることをはばかることですから」

船長はこれを聞くと、すぐそばをはなれた。

「それではごゆっくり。なに、まだ検疫にはそうとうひまがかかりますよ。下船される時はそうおっしゃってください」

船長のうしろすがたを見送っておいて、警部は牧野のほうへふりかえった。

「牧野さん、あなたは唐沢雷太氏をご存知でしょうな」

「ふむ、知っています。というより、むかし知っていたといいなおしたほうが正しいかな。で、あの男がどうかしましたかな」

「唐沢さんは殺されました」

「え？」

「そして、犯人は鉄仮面とじぶんでいっている男です」

「えーッ！」

それを聞いたとたん、牧野の顔からは、いままでのふてぶてしい表情はあとかたもなくなった。一しゅんの間、牧野はよろよろと甲板の上でよろめくと、思わず手すりに身をささえて、

「そ、それはほんとうですか」

「ほんとうですとも。しかも、鉄仮面は唐沢さんを殺害したあと、亡くなった香椎弁造氏の遺族をねらっています。香椎弁造――この人もたしかあなたと非常に親しいあいだがらでしたな」

「ああ！」

牧野はふいに両手をあげて、空《くう》をつかむようなまねをした。だが、すぐ気がついたように警部のほうへふりかえると、かみつきそうな顔になって、

「それで――それで、鉄仮面のやつが、このおれをどうしようというのです」

「鉄仮面は」

と、警部はひとことひとことくぎりながら、ゆっくりといった。

「あなたが上陸するのをまって、危害をくわえようとしているらしいのです。それで、わたしがこうしてとちゅうまで、お迎えにあがったのです」

牧野はふいに、シーンとだまりこんだ。手すりにもたれたまま海の上を見ると、カモメの群れ立つなかに水上署の旗を立てた一艘のランチがプカプカと浮かんでいる。そのすぐそばには、小さなモーターボートが浮いていて、そのなかに、頰に大きな傷あとのある男と、十四、五歳の少年が、なにかしらおもしろそうに話しているのが見えた。

牧野は何気なくその様子を見ていたが、きゅうに思い切ったように警部のほうをふりむくと、

「よろしい。それではすぐまいりましょう」

「おいでになりますか」

「行きます」

牧野はいったん船室へ引き返したが、すぐまた手ぶらであがってきた。

「荷物はボーイにとどけさせることにしました。いいでしょうな」

「けっこうです」

ふたりはちょっと船長にあいさつして、すぐスタスタとタラップをおりていった。やがてふたりがあの水上署の旗のひるがえっているランチに飛び移ると、ランチはすぐ白い波をけたてて春雷丸のそばからはなれていった。

このとき、牧野が非常にみょうに思ったのは、このランチを運転している男だった。だが、いまきいた鉄仮面のことで胸がいっぱいになっている牧野は、あまりふかくそのことを考えてみようともしなかった。警部はだまってランチのへさきに突っ立っている。もし、そのとき、牧野が警部の顔をちょっとでも見ていたら、そこに、世にも奇妙な、冷たい微笑が浮かんでいることに気がついたことだろう。

ランチはしだいに陸に近くなっていった。

――と、そのとき、牧野はふとふりかえって、あとから、プカプカとやってくる一艘のモーターボートに目を止めた。そのなかには、さっき見た、頰に大きな傷あとのある男と、十四、五歳ぐらいの元気そうな少年が乗っているのだ。もし、このとき、桑野妙子がその場にいてこのふたりづれを見たら、どんなに驚いたことだろう。なぜといって、そのふたりとはだれあろう、まぎれもなく、大道具係の仙公と、そして御子柴進だったからだ。

「先生、先生」

――と、進はおし殺したような小声でいった。

「すると、あの鉄仮面だとおっしゃるのですか」

「しっ！」

と、仙公はハンドルをにぎったまま、

「まだよくわからない。だが、とにかくあとをつけてみよう」

ああ、なんということだ。大道具係の仙公をつかまえて、進は先生と呼ぶ。いったいこの奇怪な男は何者だろう。

二艘の船は糸を引いたように、静かに陸地へ近づいていく。その上には、カモメがいっぱい群れとんでいる。

恐怖の金庫部屋

東京湾の波をけたてて、すべるように、走っていく二艘の船。前のランチに乗っているのは、黒眼鏡の怪警部に黒人男のアリ、それから帰国したばかりの牧野慎蔵。この怪ランチの後から、ひそかについて行くモーターボートのなかには、頬に大きな傷あとのある大道具係の仙公と、御子柴進のふたりが、背中をまるくして乗っているのだ。

しばらく二艘の船は、糸でつながれたように、おだやかな海の上を走っていたが、そのうちにふと、丸いガラス窓から外をのぞいた怪警部は、ドキリとしたようにまゆをうごかすと、

「あ、しまった」

やせぎすのするどい頬がサッと紫色になる。

「え？　ど、どうかしたのですか」

警部の声に、思わず腰を浮かしたのはゴルフ服の牧野慎蔵。

「ごらんなさい。あとをつけてくるやつがある」

「なに、あとをつけてくるやつが……」

牧野もあたふたと立って、丸窓から外をのぞいてみた。

「あ、あのモーターボートは、さっき春雷丸のそばに浮かんでいたやつですよ」

「そうです。ちくしょう、あとをつけてきやがったのだ」

「鉄仮面の一味の者でしょうか」

そういった牧野の目のなかには、恐怖の色が、いっぱい浮かんでいる。さすが腹のすわった牧野も、鉄仮面だけは、よほどこわいらしい。しかも、そのこわい鉄仮面は、いまかれのすぐそばに立っているのに。——

怪警部はそれを聞くと、ニヤリと気味悪い微笑を浮かべながら、

「ナニ、だいじょうぶですよ。ご心配なさることはありません。牧野さん、ちょっと手を貸していただきましょうか」

「手を貸す？　どうすればいいのです」

「手を出してみてください」

「こうですか」

と、牧野はなにげなく右手を前に出した。

「いや、両方とも出してください」

「どうするんですか、いったい。こうすればいいのですか」

牧野が不安そうに、警部の眼鏡のなかをのぞきこみながら、おずおずと、両手を前にさしだしたときである。

とつじょ！

警部がのどの奥で、奇妙な笑い声をあげたかと思うと、ガチャリ！　牧野の両手にはめられたのはがんじょうな鋼鉄製の手錠《てじょう》だ。

「あ、な、なにをするんだ！」

叫ぶ牧野のあごへ、ふいにとんできたのは、さざえのような警部のこぶし。

「あっ！」

両手に手錠をはめられて、からだの自由をうしなった牧野慎蔵は、思いがけないこの襲撃に、ひとたまりもあったものではない。思わずヨロヨロと、せまい船室のひとすみに、しりもちついた。その上へいきなりおどりかかった怪警部。

「き、きみは気でも狂ったのか。いったい、おれをどうしようというのだ」

怒ってものすごい顔をして、全身の力をふりしぼって起き上がろうとする牧野のからだを、しっかりとひざでおさえつけ、

「ナニ、なんでもありませんよ。しばらくこうして、静かにしていただきたいと思いましてね。はははは！」

なんともいえない皮肉な声で笑い、あれ狂う牧野の口へ、グルグルグル、手早くさるぐつわをはめてしまったのだ。

「牧野さん、いやさ、牧野慎蔵！」

ふいに警部の声がガラリとかわった。牧野はビックリしたように相手の顔を見る。

「おまえさんにもにあわない、ずいぶんヘマをやったもんだね。あとから追ってくるのが、鉄仮面じゃねえ。鉄仮面は、ちゃんときさまのそばにおひかえだよ」

牧野はふいにヨロヨロとうしろへたじろいだ。大きく見ひらかれた両眼は、まるで幽霊をでも見るように、わなわなとふるえて、ひたいにはきゅうにみみずのような血管がふくれあがった。

怪警部はせせら笑って、その顔を見すえながら、

「牧野くん、ずいぶん久しぶりだったなあ。きさまがおれの顔を見忘れるのもむりはねえ。しかしなあ牧野、きさま、おれの顔を見忘れても、この腕の傷にゃおぼえがあろうな」

怪警部はぐいと左の袖口をまくりあげた。と、そこにあらわれたのは、まるで猛獣にでもかみきられたような、恐ろしい傷あとなのだ。

牧野はそれを見ると、ふいに、悲鳴ににたうめき声をあげると、いきなり手錠のはま

った両腕をあげて、しゃにむに、相手に打ってかかろうとする。

「何をしやがる」

　と、ひらりと体をかわした怪警部、いきなり足をあげてからだのかまえのそなわらぬ、牧野の腰をドンとけったからたまらない。牧野がもんどり打ってのけぞるところへ、おどりかかった怪警部、そのまま牧野のからだをグルグルとしばりあげてしまった。

「ははははは、きさまでもやっぱりおぼえているとみえるな。そうだろうよ、忘れようたって忘れられまい。二十年まえのこの古傷。牧野、おれは墓場からよみがえってきたのよ」

　警部はふいにキリキリと奥歯をならした。その面にはこれが人間の表情かと疑われるばかりの、深いうらみと、憎しみの色が、いっぱい浮かんでいるのだ。牧野は恐怖の雷にうたれたように、まっさおになってしまった。

「なあ、牧野、きさまはその後、あのモンゴル奥地のできごとを、いちどだって思い出したことがあるかい。いやいや、おそろしくて思い出せまい。しかしなあ牧野、おれは一日だってあの日のことを忘れたことはねえ。おれはきさまたちを信用していた。信用して何もかもうちあけたのだ。ところがどうだ。きさまたち、きさまと唐沢雷太と香椎弁造の三人は、そのおれを裏切って、だまし討ちにしてしまったのだ。牧野、きさまはよもや、あの日のできごとを忘れやすまいな」

　牧野のからだがふいにブルブルとふるえた。

「ははははは！　ふるえているな。ふるえているところをみると、やっぱりおぼえているとみえる。牧野、おれは執念の鬼になった。執念の鬼になって、きさまをとり殺すのだ。しかし、ただじゃ殺さねえ。さんざんきさまをくるしめて、そうだ、おれがモンゴルの奥地でなめさせられた、あのくるしみをきさまにも味わわせて、それからゆっくりきさまの生命《いのち》をもらうことにしよう。それに牧野、おれはきさまから聞かねばならぬこともあるのだ。わかっているだろうな、あのとき、きさまたちにうばわれた、あのすばらしい財宝のありかを、きさまの口から聞かねばならぬ。それを聞くまで、きさまの生命は、この東座蓉堂があずかっておくから、まあ、そう思っていてもらいたい」

いったかと思うと怪警部、いや、鉄仮面の東座蓉堂はグサリとひと突き、突き通すようなまなざしで、牧野の顔をにらみすえたのである。

「おや」

と、進がふいに叫んだ。

「どうしたのでしょう。きゅうに沖へ出はじめたじゃありませんか」

「ふむ、すこしみょうだね」

と、答えたのは大道具係の仙公である。

「ひょっとすると、こちらの追跡に気がついたのかもしれないね」

いいもおわらぬうちに、むこうのランチでパッと白い煙があがったかと思うと、ズブリ、ボートのすぐそばに、何やら落ちてサッと白い水煙をあげた。
「あっ、あぶない！」

と、仙公はハンドルをにぎったまま、ハッとして顔をふせると、

「ライフル銃だ。ちくしょうッ！　気がつきやがった。進くん、気をつけたまえ。頭をあげちゃだめだぞ」

「あっ！」

またもや、白い煙がパッと見えたかと思うと、一発の弾丸が、プスリ、モーターボートのともに命中した。

「先生」

「――う、うごいちゃいけない。じっとしていたまえ。うごくとかえって、ねらわれるぞ。ちくしょうッ、逃がすものか」

見ると、むこうのランチのへさきに、うずくまって、じっとこちらをねらっているのは、黒人男のアリだ。まっ白な歯を出して笑いながら、ねらいをさだめてまたもや一発。

白い波頭がサッとボートのともにあがったかと思うと、モーターボートがふいにグラリと横に大きくゆれた。

「先生、だいじょうぶですか」

と、さすがに進の声はふるえている。

「だいじょうぶ。あたるもんか、ちくしょうッ」

と、仙公が歯ぎしりをしながら叫んだ。

見ると怪ランチは気の狂った猛牛のように、大きなずうたいを左右にゆすぶりながら、しだいしだいに、さびしい港外へと出ていくのだ。それを追っていくモーターボートも、ゼンソク病《や》みのように、すさまじいうなり声をあげていた。

おりおり、前のランチから、白い煙がパッパッとあがると、そのたびに、弾丸がボートの周囲に落下する。

「ちくしょうッ、おどろくもんか。どこまでもつけていってやるぞ」

仙公がバリバリと歯をかみ鳴らす音がする。

滝のようなしぶきが二艘の船の周囲にうず巻いて、陽がクルクルと空に躍っている。

二艘の船はまもなく港を出はずれて、ひろい外海へとすべり出した。波のうねりがしだいに大きくなって、落下するしぶきはいよいよ猛烈になってくる。

それでも、仙公は、この追跡をあきらめようとはしない。どこまでも、どこまでも相手を追いつめていくつもりなのだ。

おそろしい追跡、生命がけの競走だ。

ふいに、前のランチが、スピードを落とした。波間においでおいでをするように、大きなからだをゆすぶっている。これを見た大道具係の仙公、きゅうにいきおいを得たように、ダダダダダとすさまじい機関の音をさせながらそばへ近よっていったが、このときである。

ランチのへさきにうずくまっていた黒人男のアリが、あざ笑うような声をあげて、銃をとりなおしたかと思うと、しんちょうにねらいをさだめて、ズドンと放った一発。

「あっ、しまった！」

と、仙公が叫んだ。

と、そのとたん、ボートが二、三度グググと大きくゆれたかと思うと、ごうぜんたる音響。

銀色のきらめきがさっと高い水煙をあげて、ボートはこっぱみじんとなってあたりに散らばった。

弾丸が貯油タンクに命中したのだ。

これを見るなり怪ランチは、しめたとばかりにカジを転じて、ダダダダダ、水を切りながら引き返してくる。

波間にはモーターボートの破片が一面に散らばって、そのなかにガソリンが青いほのおをあげてもえている。

「アリ、うまくいったか」

ピタリ、怪ランチをとめた東座蓉堂、静かに舵輪《だりん》をはなして、へさきのほうへやってくる。

「たいてい、だいじょうぶと思います、あの爆発ですからね」

と、黒人男のアリは無表情な声でいった。

「いや、そうではない。おれのあとをつけてくるぐらいのやつだ。どういうはずみで助かっていないものでもない。もうすこし様子を見ていよう」

蓉堂のことばも終わらぬうちに、ふいにポッカリとランチのそばに浮きあがった頭がある。進だった。

「あっ」

と、アリはそれを見るとあわてて、ライフル銃をとりなおしたが、蓉堂はそれをおさえながら、

「まあ、待て、あいつはどうやら子供のようだ。もうひとりいたはずだがなあ。ああ、そこへ浮きあがったぞ」

なるほど、そのとき、散らばった木片のあいだから、ひょっこりと頭をもたげたのは大道具係の仙公。――だが、その仙公の顔をひと目みたしゅんかん、蓉堂は思わず、

「あっ」

と、叫んでふなべりをつかんだのだ。

奇怪とも奇怪、仙公の面からは、あのおそろしい傷あとは拭われたようになくなって、そのあとから現れた素顔。――それはまぎれもなく、新日報社のベテラン記者、三津木俊助ではないか。

「あ、き、きさまは三津木俊助!」

さすがの蓉堂もぼうぜんとする。

むりもない。かつて鉄仮面のために生きながら水葬礼にされた三津木俊助――その俊助が生きていて、大道具係の仙公に化けていたのだ。頬の傷あとは、おそらく絵の具でかいた、こさえものだったのだろう。その絵の具が海水にとけて、思いがけなく正体をあらわした三津木俊助。

「大将、うち殺してしまいましょう」

子分のアリがふたたびライフル銃をとりあげた。その銃口から数メートルとはなれないところに、俊助と進のふたりが必死となって泳ぎまわっている。のがれようとしてものがれるすべはない。

アリはじっとねらいをさだめる。おそろしい生命のまとだ。一しゅん――二しゅん。

……ああ、俊助と少年の生命は、いまやまったく風前の燈火《ともしび》。

だが、そのとき、蓉堂がいきなり、

「待て！」

と、叫んで、アリの腕をおさえたのである。

横浜港外の波のあいだで、黒人男のアリに銃口をむけられた俊助と進少年は、はたしてその後どうなったか。

「待て！」と、アリを制した鉄仮面東座蓉堂は、それからかれらをどうしまつしたか。

――

だが、それらのことをお話しするまえに、わたしはあらためて、二、三日後のことを、お話ししなければならない。

あのできごとから二日ほどのちのこと、東京都民はまたもや恐怖のどんぞこにたたきこまれた。

鉄仮面の怪広告。……あの奇妙なおとぎばなしの広告が、またもや都内の各新聞紙の広告面に現れたのである。

こんどは猿ヵニ合戦だった。

欲ばり猿が、ひきウスにおしつぶされている場面で、例によってそのひきウスには、鉄仮面がかぶせてあり、そしておしつぶされた猿の顔というのが、なんと牧野慎蔵の写真になっているではないか。

しかもそこにはつぎのようなふざけた歌が書いてあった。

欲ばり猿はひきウスに
押しつぶされて死にました
牧野慎蔵もそのうちに
ペシャンコになって死ぬだろう

またもや鉄仮面の犯罪予告。

ふたたび、三たびも警察をばかにするようなこの怪広告に、東京都民はもう生きたここちはない。唐沢雷太を殺害したやり口のすばらしさといい、また、たとえ失敗したとはいえ、東都劇場に香椎文代を襲撃したあの大胆さといい、人びとはもう、鉄仮面のおそろしさを知りすぎるほど知っていた。

かれの予告はけっして、気まぐれでもなければコケおどしでもない。いったん予告したからには、あらゆる困難にたえても決行せねばやまないあのおそろしい鉄仮面。

警察でも、むろんやっきとなって、この広告主を捜索する一方、やりだまにあがった牧野慎蔵なる人物をもさがしはじめたが、そのうち意外にも、牧野はすでに横浜港外から、あやしいにせ警部によってつれさられたことがわかった。

なんということだ。鉄仮面はこんどは、あらかじめ犠牲者を誘拐《ゆうかい》しておいて、さて堂々とあの怪広告を出したのである。

ひょっとすると、牧野はすでに、あの怪広告にあるとおり、ペシャンコになって殺されているのではなかろうか。

ところが、この広告が新聞に出た、その夜のことである。おなじみの新日報社にまっさおになってかけこんできた若い女性がある。ほかならぬ桑野妙子だ。

妙子は息もたえだえに、編集長の室へかけこむと、

「あ、編集長、た、たいへんです、たいへんです。三津木さんが……三津木さんが……」

と、いいつつ、バッタリそばにある椅子の上へたおれたから、おどろいたのは鮫島編集長だ。

ちょうど、そのとき、鮫島編集長は、またしてもあの鉄仮面の怪広告におどろいて、

例の矢田貝博士を招いて重大会議中だったのだが、そこへこのさわぎなので、びっくりして博士とふたりでかいほうをしてやると、さいわい、妙子はすぐ気がついた。

妙子は気がつくと、いきなり鮫島編集長にすがりついて、

「たいへんです、編集長。三津木さんが、三津木さんが……」

と、またもや、同じようなことを、くり返している。

「桑野くん、どうしたというのだ。まあ、すこし気を落ちつけたまえ。三津木くんが殺されたことは、きみもじゅうぶん知っているはずじゃないか」

編集長がたしなめるようにいうと、妙子はむちゅうになって首をふりながら、

「いいえ、いいえ、三津木さんはまだ、生きていらっしゃいます。わたし、たったいま、三津木さんのおすがたを見てきたのですわ。ああ、おそろしい、わたし、どうしよう」

と、まるで気も狂わんばかりのようす。このことばにおどろいたのは鮫島編集長。いや、編集長よりも、矢田貝博士のおどろきはもっとひどかった。博士はまるで、おどりかかるようないきおいで、妙子にむしゃぶりつくと、

「妙子……さん、ねえ桑野さん、それはほんとうかね。三津木くんのすがたを見てきたなんて、きみ、それはほんとうのことかね」

博士のことばの調子があまりはげしかったので、妙子はびっくりしたように、博士の顔をみなおしたが、どうしたのかきゅうにブルブルと身をふるわせると、

「ええ、ええ、ほんとうですわ。ああ、編集長、三津木さんを助けてあげてください。

三津木さんを助けてあげて」

　と、またもや、編集長の胸にすがりついて涙ぐむ。

「桑野くん、きみにもにあわない。いったいどうしたのだ。さあ、落ちついてよく話してみたまえ。ここには、こうして矢田貝博士もいらっしゃるし、もしきみのいうとおり、三津木くんがほんとうに生きているとすれば、どんなことをしてもすくい出さねばならん。いったい、三津木くんはどこにいるというのだ」

「三津木さんは……三津木さんは、鉄仮面のかくれ家に捕らえられています」

「なに？　鉄仮面のかくれ家？」

　と、矢田貝博士は、きゅうにひざを乗り出して、

「桑野さん、きみはまたどうして鉄仮面のかくれ家など知っているのだね」

「先生、それはいまもうしあげるわけにはまいりませんの。ある事情から……ええ、いうにいえない、あるおそろしい事情から、わたし、鉄仮面のかくれ家を知っていますの。いずれそのことは、またのちにお話しもうしあげますわ。いまはその時期ではないのです。でも、でも、わたしのことばを、お疑いにならないで。わたし、いま、鉄仮面のかくれ家から、逃げ出してきたばかりですわ。そして、そして三津木さんと、もうひとりの方、……たぶん、あの牧野慎蔵さんなんでしょうけれど、その方ともうひとり、御子柴進という少年が、とらわれの身になっているのを、たしかにこの目で見てきたのですわ」

ああ、妙子はひょっとすると、小名木川のほとりにある、あの東座蓉堂のかくれ家へしのびこんで、そこではからずも、とらわれの身となっている俊助や進のすがたを見てきたのではなかろうか。

そうなのだ。しかし、あからさまにそれとはいえぬ身の秘密、彼女はただ、そのかくれ家だけをうちあけて、俊助や進をすくい出そうとしているのだ。ああ、もし、東座蓉堂がこんなことを知ったら、彼女はどんなおそろしい目にあうだろう。

鮫島編集長は、きゅうにキッと目をかがやかせると、

「よし、わかった。いずれくわしい事情はあとで聞こう。それよりはいまただちにやらねばならぬことは、とらわれている人たちをすくい出すことだ。矢田貝博士、警察へ知らせたほうがいいでしょうな」

「むろん、そうしなければなりません。だが、桑野さんや、その鉄仮面のかくれ家というのは、いったいどこにあるのだね」

「はい、隅田川のかたほとり、小名木川のすぐそばですの。東座蓉堂という家がそれですわ」

「よし」

と、編集長はすぐ電話器を取り上げたが、このとき、矢田貝博士はなんと思ったのか、ふいにスッと椅子から立ち上がると、

「こいつはたいへんだ。何しろ大事件だ。編集長、それじゃきみはすぐ警官といっしょ

に、かくれ家をおそいたまえ。わしはちょっと考えるところがあるから、一足さきに失敬するが、そのかくれ家で、いずれのちほど会おう」

と、そういいすてると、矢田貝博士、妙子のほうへ、ジロリとするどい目をくれて、そのまま、あたふたと新聞社から出ていってしまった。例の長い山羊ひげをしごきながら。——


新日報社で以上のようなできごとがあってから、間もなくのことである。

こちらは、小名木川のかたほとりにある東座蓉堂のかくれ家。

妙子がじぶんを裏切ったことを、知ってか知らずか、いましも外から帰ってきた蓉堂は、家のなかへはいってくると、例の黒人男の従者をつかまえて、いきなりこうたずねかけた。

「どうだ。お客さまがたは静かにしているか」

「ハイ、奥ノフタリハ、タイヘン静カデアリマスガ、金庫部屋ノオ客サマハ、一日ジュウ、アバレ通シデコマリマス」

「よしよし、いまのうちにたんとあばれておくがいい。そのうちに、あばれようたってあばれるわけにいかなくなるからね」

と、蓉堂はそういうと、ニヤリと、うす気味の悪い微笑をもらす。笑うと上唇がピンとまくれあがって、ニューッとのぞく、二本の犬歯のものすごさ。いまにも、相手を取ってくおうとする、野獣のような残忍な表情だった。

「時に、あのあと、妙子はやってこなかったか」

「ハイ、オジョウサマハソノ後オ見エニナリマセン」

「そう」

と、蓉堂は、うたがわしげなまなざしで、黒人男の顔を見たが、すぐ気をかえたように、

「よしよし、それではひとつ、お客さまを見舞ってやろうかな」

そういいすてると、静かに居間を出て、廊下づたいに奥のほうへ行く。アリもそのあとについていった。ひろい邸内は、うす暗く、しんとしずまりかえっていて、そのなかに長い廊下がいくまがりも、くねくねとつづいているのだ。

蓉堂は猫のように音のしない歩きかたで、その廊下をつたっていくと、やがてふと、とある部屋の前に立ち止まった。

「アリ、その窓をひらいてみろ」

そういわれてアリが、壁の上部についている小窓をひらく。蓉堂は、うす気味の悪い微笑をもらしながら、その小窓からそっとなかをのぞいた。

窓もなにもないまっ暗な部屋なのだ。その部屋のなかに、猛獣のようにクサリでつながれているのは、三津木俊助と御子柴進、ふたりともすでに覚悟をきめているとみえて、蓉堂の顔を見てもおどろきもしなかった。

「よしよし、おとなしくしているな。いい子だ、いい子だ。いまにその苦痛をなくしてやるからな」

蓉堂はあざ笑うような声をあげて、たからかに笑うと、ピシャリと小窓をしめ、

「アリ、このほうはだいじょうぶらしい。では、金庫部屋のほうへいってみよう」

と、いいながら、二、三歩いきかけたが、なにを思ったのか、ふいにあっと、ひくい叫び声をあげて立ちどまった。

「ド、ドーシマシタカ」

「アリ、これを見ろ」

と、いいながら蓉堂が、廊下から拾いあげたのは、一本のヘアピン。蓉堂はするどいまなざしでじっとそのピンの頭についている真珠のかざりを見ていたが、

「アリ、このピンはどうしたのだ」

「ハイ、ソ、ソレハ……」

「これはたしかに、妙子のピンじゃないか。このピンが落ちているからには、妙子がここへやって来たのにちがいない。おまえ気がつかなかったか」

「ハイ、ゴ主人サマ」

と、アリはまっさおになった。そのとき、蓉堂のおもてにはげしい怒りの色が現れたからである。

「よしよし、おまえの知ったことではなさそうだ。しかし、これはよういならぬことだ

ぞ。妙子が人知れずここへしのんできたとすると。──」

蓉堂はきっと唇をかみしめ、

「あんちくしょう、もしもへんなまねをしてみろ、ただではおかぬからな」

そういって、はげしくこぶしをふりまわしたが、すぐまた顔色をやわらげると、

「ナーニ、どうせたいしたことではない。あいつがなにをしようと、こちらにはそれだけの覚悟があるからな」

と、蓉堂は口のなかでつぶやきながら、きゅうに足を早めて、廊下の角をまがった。と、そこには世にもふしぎな部屋がかれらの面前にあらわれたのだ。それはまるで刑務所の独房のようにふとい鉄ごうしのはまった一室。そしてその鉄ごうしにすがりついて、まるでゴリラのようにわめき叫んでいるのは、ほかならぬ牧野慎蔵である。

「おお、東座蓉堂！」

牧野は鉄ごうしのなかから、蓉堂のすがたを見つけると、かみつきそうな声で叫んだ。

「きさまは──きさまはいったい、どうしようというのだ」

「はははは、牧野くん、どうだね、気分は。すこしはおれのことばをきいてみる気になったかな」

「ちくしょう！　ひきょうもの！　鬼！　大悪人！　きさまは、きさまは──」

「牧野くん、すこしことばをつつしんだらよかろう。鬼といい、悪人というのはみんなきさまのことだ。きさまと、唐沢雷太と、香椎弁造のことだ。牧野、その昔、おれがど

のようなくるしみを味わったか、きさまにわかるまい」

と、蓉堂のおもてにふいにサッと、獣のような表情が現れた。

「きさまのためにだまされて、モンゴル奥地の、あの地下の洞窟《どうくつ》に、とじこめられたこの東座蓉堂。そして、そして、おれが発見したあの大金鉱のありかをしめす地図までも、きさまにうばわれてしまったこのおれのみじめさ！　牧野」

と、ふいに、蓉堂の目が、ギラギラとひかった。

「きさま、あの大金鉱のありかを、まさか知らぬとはいうまいな」

「知らぬ、知らぬ、きさまは夢を見ているのだ。いや気が狂っているのだ。大金鉱など、だれがそのようなことを知るものか」

「いいや、知らぬとはいわせぬ。おれは瀕死《ひんし》の中国人から、その金鉱のありかをしめす地図をゆずられたのだ。それをきさまたちにうばわれて、そして、そのうえ、死ぬような目に――いやいや、死よりも数百倍もおそろしい目にあわされたのだ。しかも、きさまたちはその地図のおかげで大金鉱を手に入れた。そして、ひそかに不正の金でぜいたくな生活をしているのだ。牧野、その地図をかえせ。地図をかえせば、きさまの生命《いのち》はたすけてやる」

ああ、奇怪。鉄仮面の過去には、このようなすばらしい大秘密があったのだ。かれが執念ぶかく牧野一味をねらうのは、たんなる復讐《ふくしゅう》のためではなかった。そこには、世にもおどろくべき、大金鉱の秘密があったのだ。

「いいや、おれは知らん。おれは何も知らん。知っているとすれば、唐沢か、香椎だ。おれはただ、毎年かれらの手から、わけまえをうけとっていただけなのだ」

「よしよし、きさまはあくまでも、強情をはるつもりだな。きさまにはまだくるしみが足りぬとみえる。牧野、この部屋はただの部屋とはわけがちがうぞ。金庫部屋といってな、おれが工夫した世にもおそろしい部屋なのだ。いま、そのおそろしさをきさまに見せてやろう」

と、いいながら、蓉堂が壁の上にある小さいボタンをおした。と、見よ、そこには世にもおそろしいことが起こったのである。

蓉堂がボタンをおすとともに、ジリジリ、ジリジリ、がんじょうな鉄のてんじょうが、鉄ごうしのほか、三方を、あつい鉄壁でかこまれたおそろしい金庫部屋。その金庫部屋のてんじょうが、十センチ、二十センチと、壁をつたわっておりてくるおそろしさ。

四方の壁を伝わって、静かにすべってくるではないか。

さすがの牧野も、そのとたん、髪の毛がさかだつばかりの恐怖にうたれた。

「あはははは、どうだ、牧野。すこしはきさまにも、おそろしいということがわかったかい。あのてんじょうはな、いまにだんだんと下へおりてくる。一メートル、二メートル、三メートル——そらそら、いまにきさまの頭の上までおりてくるぞ。いやいや、ほっておけば床の上までおりてくるのだ。そしてきさまのからだは、ひきウスにおしつぶされた猿カニ合戦の猿のように、ペシャンコになってしまうのだ」

ああ、なんというおそろしさ、なんという残酷さ。蓉堂のことばのごとく、おそろしいてんじょうは、ジリジリと落下してくる。牧野はいまや、気がくるうような恐怖にとらえられた。かれはまるで、金網のなかに閉じこめられた鼠《ねずみ》のように、クルクルと、部屋のなかを逃げまわった。子供のように泣き叫びながら、あてどもなく部屋のなかをかけずりまわった。

そのうちにも、あのおそろしい死のてんじょうは、刻一刻とさがってくる。牧野の頭髪は、恐怖のためにきゅうにまっ白になった。

「助けてくれ、助けてくれ。おねがいだ、東座、助けてくれ」

「よし、助けろとあれば助けぬでもない。だが、牧野、そのかわり金鉱のありかをいうか」

「いう——いう、ああ、このてんじょうをとめてくれ。おそろしい、おそろしい」

てんじょうはすでに牧野の肩あたりまでおりている。床にひざまずいた牧野は、両手でそれをさしあげながら、涙を流して哀願する。意地もはじもわすれはてたように、顔じゅう、涙だらけにしてあわれみをこうのだ。

てんじょうはまた、十センチおりた。さらに二十センチ。——

「よし、それじゃいえ、金鉱のありかは？」

「おれは知らん。ほんとうにおれは金鉱のありかを知らないのだ。しかし、しかし、地図のありかを知っている」

「その地図はどこにある」

「香椎が焼きすててしまった」

「きさま、この場におよんで、まだうそをいう気か」

「まあ、待て、待ってくれ。おれのいうのはこれからだ。地図は香椎が焼きすててしまったが、そのかわり、それと同じものを、あいつはじぶんの娘の肌に、いれずみをしておいたそうだ」

「なんだと？　娘の肌に？」

「そうだ。娘の肌に地図のいれずみをしておいたのだそうな。おれはたしかに、その話を、唐沢雷太からきいたことがある」

ああ、なんとおそろしいことだろう。そしてふしぎなことだろう。

大金鉱の秘密というさえ、すでに意外なのに、その秘密が、人間の肌に、いれずみでのこされているとは、なんというふしぎな話だろう。

しかし、これらのふしぎないきさつは、まもなく、きみたちのまえに、しだいに、あきらかになっていくはずなのだ。

さすがの東座蓉堂も、これを聞くと、ちょっとのあいだ、気をのまれたようすだったが、やっと正気にかえると、

「わかった、そうか。そしてその娘というのは、香椎文代のことだな」

「そうだろう。くわしいことはおれも知らんが、文代という娘があるなら、きっとその

娘のことにちがいない。東座、さあ、おれの知っていることはぜんぶ話したから、このてんじょうをとめてくれ。ああ、く、くるしい」

てんじょうはすでに、腹の高さぐらいまでさがっている。牧野は、その下に、腹ばいながら、あえぎあえぎ、哀願するのだ。

だが、そのとき、ふいに、蓉堂のうしろからあわただしい足音が聞こえてきた。

ギョッとして、ふりかえってみると、なんということだ。あの密室に閉じこめられているはずの、三津木俊助と進が、それからいつのまにやってきたのか、妙子までそのなかにまじって、ドヤドヤとかけつけてきたではないか。

「あっ、妙子!」

「お父さま、ゆるして、ゆるして――」

「きさま、――きさまはとうとう、このおれを裏切ったのだな」

「だって、だって、あまりおそろしいことをなさるのですもの。あ、三津木さん、そのボタンをおして、てんじょうをとめて」

「よし」

と、俊助がボタンをおしててんじょうをとめている間に、蓉堂はふいにヒラリと身をひるがえして、かたわらのせまい一室へとびこんだ。

それと見るなり、俊助と妙子、それから進も、一団となって、そのあとから、その一室にとび込むと、

「おい、蓉堂、いやさ、鉄仮面！　きさま、この場におよんで、逃げようとしても、それはだめだぞ。この屋敷のまわりには、アリのはい出るすきもないほど、警官が取りまいている。ほらほら、きさまにはあの足音が聞こえないのか」

「お父さま、もうあきらめて、おとなしく、捕まってちょうだい。そしてもう、こんなおそろしいこと、なさろうなんて気をおこさないでね。ああ、ほらほら、警官の足音がだんだん近づいてくるわ」

妙子のことばどおり、入りみだれた足音が、ドヤドヤと廊下のむこうから近づいてくる。

ああ、さすがの鉄仮面ももはや絶体絶命、かれはいまやまったく袋のなかの鼠となったのだ。だが、そのとき、せまい部屋の、中央に立っていた蓉堂が、ふいに、カラカラと大きな笑い声をあげると、

「おい、俊助、妙子。きさまたち、このおれがムザムザ警官の手に捕らえられると思っているのかい。おい、これを見ろ、このボタンをこうおせば――」

いいつつ、蓉堂がそばのボタンをおすやいなや、ああ、これはいったいなんということだ。奇怪ともなんとも説明できないようなふしぎなことが、その一室に起こったのだ。

空中の大活劇

蓉堂の逃げこんだ一室というのは、たいへんみょうな部屋だった。

まるで危険な実験室かなにかのように、ほかの建物から独立していて、これを外部から見ると、ガスタンクのような円い筒形の屋根が、空高くそびえているのである。ちょうど両国《りょうごく》の国技館のように、球のような丸い型のてんじょうが、隅田川畔の空高くそびえているところは、たしかに一つのりっぱなすぐれた建物だったが、いま、このてんじょうに世にも奇妙なことが起こったのだ。

ギリギリギリ。大地をゆるがすような物音が、あたりの空気をつんざいたかと思うと、とつじょ、パクリと球状の屋根がまっ二つにわれたのだ。

「あっ」

怪屋のまわりを、いかめしくとりまいていた警官たちが、これを見て、思わず、息をのんだときである。そこには、さらにふしぎなことが持ちあがった。まっ二つに割れた屋根の下から、なにやら変に大きな、円みをもった物が、まるで入道雲のようにむくむくと湧《わ》きだしてきたではないか！

「なんだ、あれは！」

「家がつぶれるのではないか！」

なんともいえないへんな感じなのだ。

まるで巨大な海坊主のようなものが、フワリフワリと、屋根の下からせり出してくる。真昼のお化けだ。まるでなんともいえない気持ちのわるいふしぎな異変なのだ。警官たちが、われを忘れて思わず手に汗をにぎったときである。

ギリギリギリ、ギリギリギリ。

すばらしいものおとが大地をゆるがしたかと思うと、巨大な海坊主が屋根をはなれて、やがてそこに、ポッカリと浮きあがったのは一個の軽気球！

「わあッ」

と、すさまじい叫び声が隅田川の両岸からおこる。警戒にあたった警官も、道行く人びとも、思いがけない悪魔のカラクリに、思わず目をみはってうしろへたじろいだ。

そのおどろきをしり目にかけて、いまや軽気球は空高く、ユラリユラリとのぼっていくではないか。しかも、その軽気球にのっているのは、鉄仮面をはじめとして、三津木俊助、桑野妙子、御子柴進少年の四人なのだ。

ああ、なんということだ。鉄仮面が逃げこんだあの密室というのは、かねてからかれが用意をしておいた軽気球部屋だったのだ。鉄仮面が、ボタンをおすと同時に、かれらのまわりをスッポリとつつんだのは、軽金属からできているふしぎなあみのかご。――と思うまもなく、床ごと、ユラリユラリと浮きあがって、俊助たちがハッと気づいたときには、すでにおそく、かれらのからだは白雲にのって、空高くはこび去られるところだった。

「うわッ！　軽気球だ、軽気球だ！」

「鉄仮面が、軽気球に乗って逃げるのだ」

隅田川のほとりはたいへんなさわぎ、道行く人も、車も、みんな足をとめて、あんぐりと口をひらいて空をあおいでいる。川を上下する舟も、思わず口をあやつる手を忘れて、このすばらしい悪魔の逃亡術に見とれてしまった。

そのなかをあわてふためく警官の群れ。さわぎはそれからそれへとつたわって、たちまち東京じゅうにひろがったからたまらない。新聞社の写真班が自動車にのってかけつけてくる。飛行場へは電話がとぶ。たちまち隅田川の両岸は、おびただしいやじうまでうまってしまった。そのなかを軽気球は、おりから北のそよ風にのって、ゆうゆうと海のほうへ吹き流されていくのであった。

「や、や、これは！」と、さすがの俊助も、思わずかごのなかでよろめいた。外を見れば、あたりはただひろびろとした一面の大空。下を見おろせば、帯のような隅田の流れ。国技館も、丸ビルも、まるでアリづかのように小さく見える。俊助は唇までまっさおになってしまった。

「きさまは――きさまは」

と、いったが、あまりにもズバ抜けた悪魔の知恵に、あとのことばもつづかない。ただもう肩で息をするばかり。そのそばには、妙子と進が、これまた、まっさおになったまま抱きあってふるえている。

「ははははは、おどろいたか三津木俊助。飛んで火に入る夏の虫とは、まったくきさまのことだな。きさまのほうに探偵の知恵があれば、おれのほうには悪魔の用意がある。

どうだ、たまげたろう。ははははは」

と、ゆらめくかごのなかに仁王立ちになった鉄仮面の東座蓉堂、まるで悪魔のように、ものすごい声をあげて笑ったが、その目をふと、かたわらにふるえている妙子のほうに向けると、

「妙子！　おまえはよくもこのおれを裏切ったな」

と、いかにも憎々しげにいう。その声をきくと、妙子は蛇にみいられたように、肩をすぼめてブルブルふるえあがった。

「だって、だって、お父さま」

「いいや、おれはもう、おまえのいいわけなんか聞きたくもない。幼いときからそだてあげたおれの恩も忘れて、おまえはこの父を探偵に売ったのだ。妙子、そのむくいがどんなものであるか、おまえにはよくわかっているだろうな」

「お父さま、ゆるして、ゆるして」

「ゆるせ、ふふん」

と、蓉堂は、例の狼のような犬歯を出してあざ笑うと、

「おまえもよっぽど虫のいい女だね。おれをこんな危険なはめにおとし入れながら、ゆるせとはよくいえたものだ。いいや、ゆるすことはできん。こうなればおまえもかたきのかたわれだ。香椎弁造の娘の文代といっしょに、おまえにもおそろしい刑罰を加えてやるのだ」

文代ときくと、妙子はいよいよまっさおになった。

「あれ、お父さま、かんにんしてください。あたしはどんな罰でも受けます。お父さまを裏切った、わるい娘ですもの。どのようなおそろしい刑罰でも受けます。でも、でも、あの罪のない文代さんだけは、どうかかんにんしてください」

「ふふん」

と、蓉堂はひややかに笑いながら、

「妙子、おまえ文代のことがそんなに気になるのかい」

「はい、気になります。あんなにやさしい、きだてのよいおじょうさんを、お父さんはなんだってそんなにおいじめになりますの。あたし、あの方がおかわいそうで、なんだか、なんだか、他人のような気がしないのですわ」

いったかと思うと、妙子はワッとばかりにかごのふちに顔をふせてむせび泣くのだ。

こういう父娘《おやこ》の押し問答を、かたわらで聞いていた三津木俊助、無言のまま、いそがしく頭のなかで考えている。蓉堂のやつ、なおも執念ぶかく、文代の生命をねらっている。してみると、かれにはぶじに、この軽気球を脱出する自信があるにちがいない。してみると、じぶんだって、かれといっしょにぬけだす機会がないともかぎらないのだ。しかし、この悪党め、いったい、どのようにしてこの大空から逃げ出すつもりだろうか。下を見れば、軽気球はすでに東京からはるか南に流されたとみえて、ここはいずこか海と陸とのさかい目を、ただあてもなく、ユラリユラリと流れていく。さすがの俊助も、これを見ると、思わず絶望のうめきごえをあげた。東座蓉堂は、妙子との押し問答のあいだにも、ひそかに目のはしからこういう様子をうかがっていたのであろう。ふいにわはははと、腹をかかえて笑うと、

「おい、三津木俊助、きさまはいったい、このおれがどうして軽気球からのがれ去るかとあやしんでいるだろうが、どっこい、心配ご無用。おれにはおれで、ちゃんと、考えがあるんだからな」

「それはけっこうだ。だがな東座蓉堂、きさまに逃げ出すチャンスがあるなら、われわれにだってそのチャンスがないわけじゃあるまい。死なばもろともというが、おれはきさまのような悪党といっしょに死ぬのはいやだから、きっとこの軽気球を抜け出してみせる」

「わはははは、いいかげんなことをいってるぜ。きさま、おれのするまねをしようと思っているのだろうが、どっこい、そうはさせぬ」

と、いったかと思うと、東座蓉堂がポケットから取り出したのは、一ちょうのピストル。それをピタリと俊助の鼻先につきつけたのだ。

ああ、鉄仮面はここで、三津木俊助を射殺しようとするのだろうか。さすがの俊助も、思わずサッと土色になる。じぶんが、ここで殺されるのはかまわない。しかし、じぶんが死んでしまったら、妙子や御子柴進はどうなるのだ。それから執念ぶかくつけまわされている、あのかれんな香椎文代の生命はいったいどうなるのだ。それを思うと、さす

がの俊助の顔にも、べっとりと汗が浮かんでくる。恐怖を知らぬこの勇敢な新聞記者も、思わずガチガチと歯を鳴らすのだ。

「ははははは、おどろいたな三津木俊助。こんどこそさすがのきさまにも、のがれるすべのないことがハッキリとわかったとみえるな。いや、きさまはまったくすばらしい男だ。いつか袋づめにして、水葬礼にしてやったはずだのに、いつのまにやら、その袋をやぶって生きかえってきたばかりか、化けも化けたり大道具係の仙公とは、まったくこのおれもかぶとをぬいだよ。敵ながらもあっぱれなもんだ。しかしなあ、三津木俊助、ものにはほどというものがある。おれはもうきさまにじゃまだてされるのはあきあきしたんだ。だから、ここでドンとぶっ放して、あっさりきさまの生命をもらおうかと思っているんだ。大空の犯罪か。わっはははは、三津木くん、こいつはすばらしい特ダネになるぜ」

と、鉄仮面はまるで勝ちほこって、おもしろそうにぶきみな声をあげてうち笑う。俊助はこぶしをにぎりしめたが、どうすることもできない。うごけば、相手の手にしているピストルが火ぶたを切るだろう。

向かい合うこと一しゅん、二しゅん。――と、このときである。さっきから恐怖のためにに打ちひしがれたように、かごのそこにひれ伏していた御子柴進のからだが、ジリジリ、ジリジリと鉄仮面の足もとにむかってすすんで行く。

それと気がついた妙子と俊助、思わずあっと息をのみこんだが、そのとたん、進のからだがイナゴのようにパッととびあがった。ピストルをにぎった鉄仮面の胸にとびついたのだ。

「あっ」

と、ふいをくった鉄仮面、思わずドドドドと二、三歩うしろへたじろぐそのすきに、俊助のからだがまりのように相手にむかっておどりかかっていった。

「ちくしょう」

と、歯ぎしりをする鉄仮面。それにむしゃぶりついた進と俊助のからだが、三人いっしょに組み合ったまま、かごのなかにころげる。そのひょうしに軽気球がグラリとかたむいて、いまにも外へ投げだされそうになった妙子は、

「あれ！」

と、叫ぶと、むちゅうになってかごのふちにすがりついた。

しかし、こちらはそれどころではない。

「先生、先生、ピストルを、早く、早く」

鉄仮面に組みしかれた進が、あえぎあえぎ叫ぶのだ。

「よし」

と、叫んだ三津木俊助。鉄仮面の右腕にむしゃぶりついてピストルをうばおうとする。

そうはさせまいと、あらそう蓉堂。一ちょうのピストルをめぐって、三人の手と手と手が、からみあってものすごい戦いを演じている。そのうち、どうしたはずみか、ピスト

ルの銃口が、真正面に俊助の鼻先へきた。と、そのとたん、

「ちくしょうッ！」

と、叫んだかと思うと、蓉堂の指が引き金を引いたからたまらない。

ズドン！と一発、弾丸がとび出したかと思うとさにあらず。

シューッ！というような物音とともに、何やらあまずっぱいようなにおいが、いきなり俊助の鼻をついた。

「あっ！」

と、叫んだ俊助が、思わず顔をそむけようとしたが、すでにおそく、ツーンと異常なにおいが鼻から頭へ抜けて、クラクラとしたかと思うと、俊助のからだはどうとその場にころがってしまった。催眠《さいみん》ピストルなのだ。

ピストルのなかからとび出したのは、弾丸のかわりにエーテルなのだ。そのエーテルのあまずっぱいにおいが、俊助の脳髄《のうずい》をこんこんと眠らせてしまったのである。

「ははははは、もろいやつだ」

と、かごのそこからやおらおきあがった鉄仮面の東座蓉堂、こきみよげに、俊助のからだを足でけっていたが、ふとあたりを見ると、進のすがたが見あたらない。

「おや、あの小僧はどうした」

妙子は恐怖のあまり身うごきもできず、大きく目をみはったまま返事もしない。

まさか、軽気球から飛び出したわけでもあるまいと、蓉堂がキョロキョロとあたりを

見まわすと、これはなんということだ。いつのまにやら進は、するするとつなを伝わって、上なる気球の表面にしがみついているではないか。

危ない、危ない！

一歩身をあやまれば、下にはただひろびろとした大空しかない。そのなかに浮きあがった気球の表面に、まるで一匹のクモででもあるかのように、進はピッタリとすいついているのだ。

これにはさすがの鉄仮面もおどろいた。

「こぞう、そんなところでなにをしているのだ。あぶない、落ちるぞ。早くこちらへおりてこい」

「いやだ」

と、進は、気球をつつむあみのなかに身をたくしたまま、あざけるような笑い声を上から落とす。

「おまえが、もし三津木先生を殺すようなことがあれば、ぼくはこの気球に穴をあけてやる」

と、いったかと思うと、進が、ポケットのなかから取りだしたのは、一ちょうの海軍ナイフ。それをひらくといまにも気球に突っ立てそうにしたから、おどろいたのは鉄仮面だ。

もし、気球に穴をあけられたら、それこそなにもかもおしまいなのだ。浮揚力《ふようりょく》をうしなった軽気球は、つぶてのように落下していくにちがいない。

「ばか、なにをするのだ。そんなことをすればおまえの生命もないのだぞ」

「覚悟のうえだ。どうせ死ぬなら、ぼくは悪人を道づれにしてやるのだ。それとも、われわれを安全なところにおろしてくれるか」

ああ、なんという大胆さ。かよわい少年の身でありながら、こんどはぎゃくに鉄仮面を脅迫しようというのだ。

「わはははは」

と、鉄仮面はそれを聞くと、腹をかかえて笑いながら、

「おい、こぞう。きさまはそれじゃ、軽気球というものをよく知らないとみえるな。軽気球というやつは、飛行機などとちがって、自由に操縦することができるものじゃないぜ。とびだしたが最後、お先まっ暗、どこへとんで行くかしれたものじゃないのだ」

それを聞くと、さすがの進もまっさおになった。

「それじゃ、おまえはどうして逃げるのだ」

「おれか、おれは、こうして逃げだすさ」

と、いったかと思うと、鉄仮面は、かたわらにあった大きなカバンをひらいて、なかから取り出したのはパラシュート！

「あっ！」

と、さすがの進も、それを見るとまっさおになる。鉄仮面はゆうゆうとそのパラシュ

ートを背に負うと、

「おい、こぞう、きさま、気球に穴をあけるなり、どうなり勝手にしろ。どうせこの気球は空の墓場なんだ。さあ、妙子、おまえだけはいっしょにつれていってやる」

と、いったかと思うと、東座蓉堂、いやがる妙子のからだを横抱きにしたまま、ひらり、身をおどらせてとんだ。

ああ、気球から空中におどりだしたのである。と、見ると、小石のようにふたりのからだは青い大空を落下していったが、やがて、キノコのようなパラシュートがパッとひらいたかと思うと、ユラリユラリと空中を歩いてでもいるように、はるかな白雲のなかにすがたを消していく。

そのあとには、こんこんと眠りつづけている俊助と進のふたりを乗せた軽気球が、フワフワと風のまにまに流されていくのだ。

空のなかにまるで一点の墨をおいたような軽気球。いったい、軽気球はどこまで流れていくのだろう。

鉄仮面はこうして、妙子を抱いたまま、パラシュートによって軽気球からのがれていった。

さてそれから二、三日あとのことである。文京区小日向台町《こひなただいまち》にある、矢田貝修三博士の邸宅のまわりは、なんとなくものものしい警戒ぶりであった。矢田貝博士は数年前から、小石川《こいしかわ》に住んでいるのである。その邸宅はたいしてひろいわけではなかったが、和風と洋風をミックスした、いかにも学者のすまいらしい、落ちついた感じの邸宅だった。

家族のいない博士は、そこでひとりの使用人とともに、さびしい日を送っているのだが、一昨日から、この邸宅のなかにめずらしい客があった。

ほかでもない、香椎文代なのだ。文代がいったい、どうしてこの邸宅に住んでいるのか。それはだいたいつぎのようなしだいなのだ。

隅田川畔にある東座蓉堂の邸宅が、妙子の密告によって、警官に急襲された日、人びとはそこで意外な人物を発見した。横浜港外から連れ去られた、あの帰国したばかりの牧野慎蔵だった。

牧野は、おそろしい金庫部屋のなかで、危うくペシャンコにされるところだったが、俊助のおかげでかろうじて生命をとりとめたところを、かけつけた警官の手によってすくい出されたのだ。

その牧野は、おそろしさとくるしみのために、ほとんど気が狂ったようになって、警官の質問にたいしても、はかばかしく答えることさえできなかったが、ただひとこと、香椎文代の生命があぶないということだけを、きれぎれにもうしたてた。

そうでなくても、以前ああいう劇場の一大事件があったことなので、警察ではひそかに文代の身のまわりにたいして警戒をおこたらなかったが、こまったことには、文代はみなしごである。だれひとり、親身になって保護してやろうという者がないのだ。

まさか警官が、いつもそばについているわけにもゆかないし、ほとほとこまっているところへ、みずからその保護者の役を買って出たのが矢田貝修三博士なのだった。

博士は文代を引きとっておいて、鉄仮面をひき寄せるつもりだといっていた。警察でも矢田貝博士の邸宅に住まわせることにして、その邸宅のまわりには、たえず私服の刑事や警官たちが張り番をしているのだ。ところが今朝のことである。

とつぜん、その矢田貝博士のところへ、一通の手紙がまいこんできた。

今夜、香椎文代をちょうだいに行くからくれぐれも気をつけたまえ

矢田貝修三様

鉄　仮　面

その手紙にはこんなことが書いてある。ああ、なんという大胆なふるまいだろう。鉄仮面は、またもや犯罪の予告をしてきたのだ。

ふつうならば、こんなことにおどろく矢田貝博士ではなかったが、しかし、いままでたびたび、鉄仮面のためにくるしめられてきた矢田貝博士、これを見ると、ただちに警視庁へ電話をかける。れんらくをうけて急いでかけつけてきたのは、警視庁きってのききといわれる等々力《とどろき》警部だ。

等々力警部というのは、この物語に顔を出すのははじめてだが、まえから三津木俊助とはつきあいもあり、なかなかのやり手という評判がある。

「ちくしょう。すると鉄仮面のやつ、まんまとあの軽気球からのがれ出したとみえますね」

「どうもそうらしい。そうそう、軽気球といえば、三津木くんや、進くんのその後の消息はわかりませんか」

「それがどうも、よくわからないのですよ。なんでもあの軽気球は、遠州灘《えんしゅうなだ》付近で、海上についらくしたらしいんですが、そのまえに、パラシュートによってのがれ去った者があるらしいんです。あのへんの漁師でそれを見た者があるんですがね。しかしそいつが鉄仮面だったか、または三津木俊助くんだったかはいまのところまったく不明なんですよ」

「いや、それはおそらく、鉄仮面のやつにちがいありませんよ。こうして脅迫状をよこしたところをみればね」

「そう、とにかく、こういう手紙がきた以上、いちおう邸宅をげんじゅうに警戒しなければなりません」

そこで、等々力警部と矢田貝博士は、いっしょに邸内を見まわったが、べつに変わったこともないらしい。

「このぶんなら、まずだいじょうぶでしょう。なあに、鉄仮面のやつが近づいたらたちどころに捕らえてしまうばかりです。ところで、この脅迫状のことを文代さんは知っていますか」

「いや、あれにはまだなにもしらせてありませんのでね。よけいなことをいって、心配させるのもかわいそうだと思いましてな」

「そうですね、そのほうがよろしいでしょう。なあに、そのかわりわれわれがじゅうぶん注意していればよろしいんですからね。今夜はひとつ、寝ずの番をしようじゃありませんか」

そこで、等々力警部は張りこんでいる部下の刑事連中に、手くばりを命ずると、みずからは、文代の寝室の前にどっかとじんどって、矢田貝博士とともに徹夜の番の用意なのだ。

文代にはなんとなくこの様子が異様に見えたのだろう。

「あら、先生、今夜はどうかしたんですか」

と、不安そうに、博士の顔をあおぎ見る。文代は矢田貝博士のことを先生と呼んでいるのだ。

「いや、文代さん、なにも心配することはありやせん。さあさ、お休み。それからね、今夜はこのドアを開け放しにして寝るんだよ」

「まあ、どうしてでございましょう。ああ、きっとなにかあるんですわね。先生、鉄仮面が——やってくるんでしょう」

「ばかな、そんなことが、あるものか。さあさ、心配することはないから、これを飲んで、ぐっすりおやすみ」

と、いつも寝るまえに飲むことにしている牛乳を、コップについでやると、文代は、それでも、すなおにそれを飲みほした。

「先生、それではおやすみなさい」

と、文代はかくしきれぬ不安に、面をくもらせながら、ベッドのなかにもぐりこんだが、と思う間もなく、スヤスヤとやすらかな寝息がもれてきたのである。

「ああ、たあいもないものだ。薬がよくきいたらしい」

と、博士がひとりごとをもらすのを聞いた等々力警部、びっくりしたように、

「なんですって、薬ですって?」

と、ききかえす。

「ああ、そうだよ。つまらない事に胸を痛めて、眠られぬようじゃかわいそうだからな。牛乳のなかへすこし眠り薬をいれておいてやったのですわい」

毛布を肩のところまで着た文代は、むこう向きになったまま、しずかに、規則正しい呼吸をつづけていた。

「なるほど、これで娘さんのほうは心配がいらなくなったわけですが、それで鉄仮面のやつはほんとうにやってくるつもりかな」

「むろん、やってくるにちがいない。わしはね、いつかも三津木くんといっしょに、こういう風にして唐沢さんの見張りをしたことがある。ところがどうだろう、まんまと鉄仮面のやつに出し抜かれてしまったのですわい。それを思うと、わしは不安でたまらな

い。今夜もひょっとすると……」

「ばかな、そんなことがあるもんですか。聞けば唐沢さんのときには、寝室のドアがピッタリとしめてあったというじゃありませんか。今夜はこうして、ドアも開け放しで、すべてが見通しなんですから、万が一にもまちがいなど起こりようがありませんよ」

「そうでしょうかな。しかし、わしにはやっぱり安心がならない。鉄仮面――あいつは悪魔だ。まるで、幽霊のように、どんな場所へも自由に出入りができるのだ。ああ、早く夜が明ければいい、早く夜が明ければいい」と、矢田貝博士は、すこしおおげさとも思われるほど、不安に、顔をひきつらせて、部屋の前の廊下を行きつ、もどりつしていたが、ああ、あとから考えれば、博士の不安はまさにあたっていたのだ。鉄仮面はまたしても、世にもふしぎな魔術を演じたのである。


十時が過ぎ、十一時が鳴り、やがて十二時となった。博士と等々力警部の不安は、しだいしだいに、こくなってくる。鉄仮面ははたして、予告どおり現れるだろうか。邸内はシーンとしずまり返って、どこやらでホーホーとフクロウの鳴く声が聞こえた。張り番につかせた刑事たちは、みなそれぞれの持ち場についているのであろう。せきひとつたてない。文代はあいかわらずむこう向きになったまま寝ている。薬がよほどきいているのであろう。身うごきひとつしないのだ。どこかで一時の鳴る音がきこえた。

――と、このときである。庭にむかった寝室の窓のほとりで、ふいに、コトリとかすかな音がしたので、いままで、キラキラと目をひからせていた博士と警部のふたりは、ハッとしてそのほうへふりかえった。

と、なんということだ！　窓ガラスにひたいをくっつけるようにして、室内をのぞいている顔、それはまさしく、あの世にも奇怪な鉄仮面ではないか。

「あっ」

と、博士はギョッとして、こぶしもくだけんばかりに等々力警部の手くびをにぎりしめる。

「来た！」

と、警部もハッとばかりに廊下にからだをふせる。

鉄仮面は例の表情のない顔で、じっと室内をうかがっていたが、やがてフラフラと幽霊のようにその窓ぎわをはなれる。例によってソロリと長い二重マントを着ているのが見えるのだ。やがて、そのからだはスルスルと、吸い込まれるように、庭の闇のなかへ消えていった。

「しまった！　あいつ、われわれがここで張り番をしているのに気がつきやがったのです。先生、あなたはここにいてください。わたしはちょっと庭のほうの様子を見てきます」

「いいかね、そんなことをして」

「だいじょうぶです。先生は、ぜったいにここからはなれないようにしてください。すぐ帰ってきます」

警部は廊下をはうようにして、庭のほうへ出ていった。あまりひろくない庭の木影には、さっきからひとりの刑事がうずくまっているのだ。警部はそろそろとその刑事のほうへはい寄ると、

「おい、どうしたのだ。さっきのやつはどこへ行ったのだ」

「なんですって。さっきのやつとはなんのことですか」

刑事はキョトンとして、警部の顔を見直すのだ。

「鉄仮面だ。たったいま、鉄仮面のやつが、あの窓のそばへうかがいよったじゃないか」

「ばかな、そんな、ばかなことはありませんよ。わたしさっきからここにいて、あの塀のほうをじっと見まもっているのですが、だれひとり、あそこを乗り越えてきた者はありませんよ」

「いや、たしかに鉄仮面のやつがしのびこんだのにちがいない。おれは現に、あいつが窓の外からのぞいているところを見たんだ」

と、警部がいらだった様子で、部下をおこっているときである。ふいにバタバタとあわただしい足音とともに、塀を乗り越えてきた警官がある。警官は庭へとびこむと、すぐ警部のすがたをみとめて、

「ああ、警部。たいへんです。鉄仮面が――鉄仮面が――」

「なに、鉄仮面? 鉄仮面がどこにいるというのだ」

「あの屋根の上です。ほら、ほら、屋根をつたってむこうへ逃げます」

その声にギョッとした等々力警部、屋根の上をあおいでみれば、なんということだろう。いましもつめたい月光のなかに、くっきりと浮きあがったのは、まぎれもないあの鉄仮面のすがたではないか。

コウモリのようにヒラヒラと、袖をひるがえして、猿のようなすばやさで、屋根づたいにむこうのほうへ逃げてゆく。しかも、その両手には、たしかに人間と思われる白いからだをしっかと抱いている。

もし、等々力警部がたったいま、ベッドのなかに寝ていた文代のすがたを見てきたのでなかったら、かれはおそらく、鉄仮面が文代を誘拐《ゆうかい》して逃げるところにちがいないと思ったことだろう。

「しまった、屋根の上とは気がつかなかった。おい、あいつを逃がすな。あいつのあとを追いかけろ」

警部の声に、たちまち刑事連中がバラバラとそのあとを追ってゆく。鉄仮面のすがたはすぐ見えなくなった。と思うと、まもなく、うらのほうから、けたたましいエンジンの音がきこえてくる。

「しまった、乗り物の用意があるぞ。逃がすな」

警部もいっしょに、そのあとを追っていきたかったが、しかし、気になるのは文代の寝室である。さっき、警部が出てくるときには、文代はたしかに、ベッドのうえに寝ていたけれど、なにかしら、ふいに胸さわぎが警部の胸にこみあげてきたのだ。

そこで、鉄仮面のほうは部下の者にまかせて、じぶんはそそくさと、もとの廊下へ帰ってみると、矢田貝博士がいても立ってもいられないような、不安な面持ちで、たたずんでいる。

「どうしたのです。あのさわぎはなにごとです」

「いや、鉄仮面のやつが現れたのです。ちくしょう、屋根のほうからやってきたんですよ」

「屋根から？」

と、博士はふと、おびえたような目の色をすると、

「それで、どうしましたか。捕まえましたか」

「いや、部下の者に、いま追跡させていますが、なんだか胸さわぎがしてたまらなかったものだから、いちおうこちらの様子を見にきたんですよ。文代さんのほうはだいじょうぶでしょうな」

「そりゃ、こちらはだいじょうぶ。文代はあのとおり、さっきからじっと眠っていますよ」

「なるほど」

と、警部はほっとしたようにひたいの汗をぬぐいながら、

「ああ、おどろかせやがった。鉄仮面のやつ、なんだか人間のからだみたいなものを抱

いているものですからね。ひょっとしたら、文代さんが、やられたのじゃないかと、ドキリとしたんですが、これでやっと安心した」

「なんだって？」

と、博士はギョッとしたように、

「鉄仮面が、人間のようなものを抱いていたんですって」

「そうですよ。ちょうど文代さんぐらいのね、寝間着を着たかっこうをしたものを、重そうに抱いていましたぜ。はははは、しかし、そんなことは、かまわんじゃありませんか。文代さんさえ、だいじょうぶなら」

「いや、そうじゃない」

と、博士はきゅうにのどがつまったように、あの長い山羊ひげをふるわせると、いかにも不安そうに目をショボつかせながら、

「鉄仮面はぜったいに失敗せん男じゃ。あいつが人間みたいなものを抱いていたとすると、もしや――」

「もしや？　どうしたとおっしゃるのですか」

「もしや、――もしや、文代を誘拐していったのじゃあるまいか」

「なんですって！」

と、警部はびっくりしたように、博士の顔を見直したがきゅうにプッとふきだすと、

「先生、先生は今夜よっぽどどうかしていますね。文代さんはあのとおり、ああして、文代

あそこで、スヤスヤと眠っているじゃありませんか」

「そうじゃ、それにちがいない。わしはひょっとすると、あまり鉄仮面のやつを買いかぶりすぎているのかもしれない。しかし、しかし」

と、口ごもりながら、矢田貝博士は神経質らしい手つきで、度の強い眼鏡の玉をふいている。ロウをひいたように、あぶらけのない、そのひたいには、ベットリと、汗が浮かんでいた。

「しかし、しかしどうしたとおっしゃるのですか」

「しかし、ああ、やっぱりわしの思いちがいかな。ああ、おそろしい。等々力くん、きみすまないが、ちょっと、文代の顔を見てきてくれないか。なに、ほんの気やすめだ。万が一にもそんなことはあろうとは思えないが、きみ、ちょっと、ちょっと、文代の顔を見てきてくれたまえ」

博士のことばを聞いているうちに、警部の胸にも、なにかしら、えたいのしれない不安がもやもやとわき起こってきた。かれは思いきったように、つかつかとベッドのそばへあゆみよった。

「文代さん、文代さん、ちょっと起きてみてください。文代さん」

と、いいつつ、毛布のはしに手をかけた等々力警部が、そっとそれをまくりあげたとたん、

「あっ!」

と、叫んで、警部はうしろへあとずさりした。ああ、なんということだ。文代のからだはいつのまにやら、人間の大きさと同じロウ人形と変わっていたではないか。

ふたり鉄仮面

さすがの矢田貝博士も、長い山羊《やぎ》ひげをふるわせながら、ぼうぜんとして立ちすくんでしまった。いったい、どうしてこのような奇跡が起こったのだ。矢田貝博士と等々力警部のふたりのうち、すくなくとも博士のほうは、一分たりとも文代のからだから目をはなさなかったはずである。それにもかかわらず、文代のからだはいつのまにやらロウ人形にかわっている。ああ、おそるべき悪魔の妖術！　こんなことが、はたして、あってよいものだろうか。

ふいに等々力警部が、ドシンと音をたててかたわらの椅子《いす》に腰をおとした。しばらく警部は気がぬけたように、冷たいロウ人形の横顔をながめていたが、やがて猛然と立ち上がると、

「ちくしょう！　それじゃやっぱり、さっき鉄仮面のやつが抱いていったのが、文代さんだったのだ」

と、叫んだかと思うと、いきなり部屋の外へおどり出そうとする、部下に命じて鉄仮面のあとを追跡させるためである。

だが、その必要はなかったのだ。なぜならば、警部が部下の刑事を呼び入れて、ガミガミと命令をくだしているところへ、ふいにひとりの刑事が息せききってかけつけてきたのだ。

「警部、よろこんでください。鉄仮面を捕らえました」

「なに？　鉄仮面を捕らえたと？」

と、同時に叫んだのは、等々力警部と矢田貝博士。ことに、博士は、度の強い近眼鏡の奥で、いまにも目玉がとび出しそうな顔をする。

「ええ、捕らえましたよ。オートバイで、江戸川《えどがわ》公園のなかへとび込んで、まごまごしているところを、大滝のそばでつかまえたんです。こちらへつれてきましょうか」

「よし、つれてきたまえ」

刑事がすぐに引きずりこんできたのは、まぎれもなく妖魔《ようま》鉄仮面。ああ、さすがの大悪魔も、ついに警官の手に捕らえられたのだ。等々力警部はこうふんのために、思わず胸をおどらせる。むりもない。警視庁にとってはうらみかさなる大悪人の、鉄仮面だ。

「おい、鉄仮面！　きさま、文代さんをどこへやった」

鉄仮面は無言である。あの冷たい鉄の仮面が、ギラギラとぶきみな底びかりをたたえて、三日月型に割れた唇《くちびる》が、さながら警部をばかにするように笑っている。

警部はいらいらしたように、そばの刑事をふりかえると、

「きみ、こいつを捕まえたとき、文代さんのすがたをそばに見かけなかったかい」と、

きいた。

「えっ、文代さん？　ああ、すると、あのオートバイの前にのっていたのが、やっぱり文代さんでしたか」

「そうだ、そうだ。その文代さんはたすかったろうね。無事に取りもどしてきてくれたろうね」

「ところが、それがみょうなんですよ。公園のなかでこいつを捕らえたときには、それらしい人はどこにも見えなかったんです」

「なに、見つからなかった？　そんなばかなことがあるものか。どこか、公園のなかにかくしてあるんだ。もういちどみんなでよく公園のなかを調べてみろ」

「はあ、それはもうじゅうぶん手ぬかりなく探してみたんですが――ああ、ひょっとすると！」

と、刑事がふいにギョッとしたような顔をしたので、警部も不安そうに、

「ひょっとすると――？　どうしたというのだ」

「いえ、これはわたしの想像ですが、鉄仮面のやつ、文代さんを殺して、大滝のなかへなげこんだのじゃありますまいか。あいつを捕らえたときには、ちょうど橋の上に立っていたんですから」

「なんだって？」

と、矢田貝博士がふいにそばから口を出した。

「それはたいへんだ。それじゃ一刻も早く行かねばならん。あんた方、滝壺《たきつぼ》のなかをさらってみてください。鉄仮面のやつは、警部さんと、おれのふたりで取り調べてみるのう、警部さん、そうしたほうがよろしくはないかな」

「むろん、そうです。じゃきみたち、大急ぎで滝壺のなかをさがすんだ。わかったかね」

「ハイ、わかりました」

と、刑事たちがあたふたと出ていったあとには、鉄仮面を中心に矢田貝博士と等々力警部。しばらくは、おたがいのようすを探っていたが、やがて警部が、つかつかと鉄仮面のそばへよると、

「おい、鉄仮面、いやさ、東座蓉堂、きさまももう年貢のおさめどきだ。どれ、ひとつきさまの顔を見てやろう」

と、やにわに相手の仮面をはぎ取った。が、そのとたん、警部と博士の唇からは、あっとばかりに叫び声がもれた。ああ、なんと、たったいままで東座蓉堂とばかり信じきっていたその鉄仮面は、意外も意外、蓉堂の従者、黒人男のアリだったではないか。

「ちがう、ちがう」

と、矢田貝博士があわてて叫んだ。

「こいつは鉄仮面じゃない。こいつは手下のアリだ」

アリはしばらく、無表情な顔でまじまじとふたりの顔をながめていたが、やがて鍋《なべ》ズミをくっつけたような頬《ほお》をほころばしてニヤニヤ笑うのだ。

「ちくしょう！」

　と、警部は歯ぎしりをしながら、

「まんまと一ぱいくわしやがった。だが、このままじゃすまさないぞ。こいつをたいて、かならず鉄仮面のありかをはくじょうさせてみせる。おい、きさま、文代さんをどこへやった。いやさ、本物の鉄仮面はどこにいる」

　警部が必死となってつめ寄るにもかかわらず、黒人男のアリは、どこ吹く風とばかりにすましている。さすがの警部も根負けしたように、

「ちくしょう！　とぼけていやがるな。それともわからぬふうをしているのかな」

「いや、警部、ちょっとまってください」

　と、さっきからまじろぎもしないで、アリの横顔をながめていた矢田貝博士は、そのとき、なにを思ったのか、そばの薬品棚から瓶《びん》にはいった液体をとりだすと、それを綿にしませて、いきなりアリのほっぺたにおしつけた。——と、奇怪も奇怪、薬でぬぐわれた部分だけ、ひふがスーッと白くなっていったではないか。

「あっ！」

　と、アリも、それに気がつくと、いままでの無表情はどこへやら、血相《けっそう》かえてとびのくのを、そうはさせじと、鋼鉄のような手で、しっかりと相手の腕をつかんだ矢田貝博士。

「おい、恩田、しばらくぶりだったのう」

「えっ！」

と、黒人アリはのけぞらんばかりにおどろいた。意外も意外、たったいままで黒人とばかり思っていたこの怪人物は、そのじつ、われわれと同じ日本人だったのだ。

「先生、先生はこいつをご存知なのですか」

「知っていますとも、警部さん。こいつ黒人だなんてまっかないつわり。ほら、いつか唐沢さんのお宅へスパイになって住み込んでいた、鉄仮面第一の子分、恩田というのがこの男ですよ。それにしてもよく考えたものじゃありませんか。ふつうの変装じゃ、見やぶられる心配があるので、黒人とは化けも化けたり。これ恩田、こうなったらなにもかもおしまいだ。なあきさま、文代さんをどこへやった。それから鉄仮面はどこにいるのだ。それを正直にいってくれれば、すこしでもおまえの罪が軽くなるようにはからってやる。のう、恩田、何もかもすなおにいってしまいなさい」

と、よくわかるような博士のことば。恩田はまじろぎもしないで、しばらく博士の顔をながめていたが、なにを思ったのか、ふいにブルブルと身ぶるいをすると、そのまま首をうなだれて、だまりこんでしまうが、やがて、

「もうだめです。矢田貝博士、あなたにはぜんぶもうしあげます」

「よし、いえ、鉄仮面はいまどこにいる」

「ハイ、その鉄仮面は……」

と、いいかけたときである。

ふいに、矢田貝博士が、あっと叫んで、窓のそばへとんでいった。

「だれだ！」

と、窓ガラスをひらいて、外の闇《やみ》へむかってどなりつける。おどろいたのは等々力警部。

「ど、どうかしましたか」

「いま、だれやら、この窓からのぞいていたんですが、あっ、あぶない！」

と、叫ぶと同時に、博士はいきなり警部のからだをかかえて、床の上におしころがした。

「ど、どうしたのです。博士、いったいこれは――」

と、ふいをくらってあおむけざまにひっくりかえった等々力警部、ふんぜんとして起きあがると、博士にむかってくってかかる。

「警部、あんたは気がつきませんでしたか。いま、何やら、キラリとひかるものが、われわれのほうに飛んできたのを。――あ、あれはどうしたのじゃ」

博士の声にふとふりかえった等々力警部、ふいにゾーッと髪の毛がさかだつようなおそろしさをかんじた。

見よ、部屋の中央には恩田が、カッと目を見ひらき、両手を固くにぎったままのしせいで突っ立っているではないか。見れば、そののど笛のところに、銀色の短刀がザクッと突っ立ち、そこからアワのような血がぶくぶくと噴き出している。そしてなんともいえない気味悪い音が、シューシューとそこからもれているのだ。

恩田は立ったまま死んでいるのであった。ああ、いつか新日報社において、折井記者を殺したと同じあのアルミニウムの短刀が、みごとに恩田ののど笛をかき切ってしまったのであった。

ああ、なんという悪魔の手ぎわのあざやかさ。鉄仮面はまたしても、博士と警部の目の前で、一番たいせつな証人を殺してしまったのだ。おそらく窓の外から様子をうかがっていて、いよいよ恩田がはくじょうしそうになったものだから、例の短剣を恩田ののど笛めがけてぶっ放したのであろう。

むろん、邸宅のまわりは、たちまちげんじゅうに捜索された。しかし、そのじぶんまでまごまごしているような鉄仮面ではない。かれはまたもや煙のように消えてしまったのだ。

こうしてふたたび鉄仮面は、勝利をおさめた。おおぜいの人びとの目の前で、文代を誘拐したばかりか、じぶんの身があやうくなりかけると、たいせつな子分をさえ、なんのようしゃなく、殺してしまうその非情さ！　警部の必死の捜索にもかかわらず、文代のゆくえはわからない。むろん、その夜からあくる朝へかけて、江戸川公園の大滝は、げんじゅうにさらわれた。いつのまにやら、このうわさを聞き伝えたとみえて、夜明けごろから公園の近くはいっぱいの人だかり。

「どうしたんです。川のなかをさらって、いったい何をさがしているんです」

「それがさ、なんでも鉄仮面のやつがまた人殺しをして、あの滝のなかへ死体をぶちこんだんですとさ」

「ほほう、して殺されたのはだれですか」

「それが、かわいそうに、あのミュージカル・スターの香椎文代だという話だぜ」

「そいつは――してその死体はもう出ましたかね」

「それがまだ出ないから、ああして探しているんじゃありませんか」

「しめた。それじゃ出るまでここで待っていよう。しかししまったな。こういうことなら、べんとうでも持ってくるんだったな」

などとたいへんなさわぎ。

そのうち滝壺のなかをさらっていた作業員のひとりが、ふいになにやら叫んで、どろのなかからひろいあげたものがある。大きな麻の袋だ。どうやら人間のかたちをしている。それを見ると、やじうまがワッとばかりにさわぎだした。たちまち警官たちがバラバラと、その麻袋のそばへよって口をひらきにかかる。なかから出てきたのははたして文代の死体か。

と、そこにみょうなことが起こった。袋の口をひらいてなかをこわごわのぞいていた警官のひとりが、ゲラゲラ笑いだしたかと思うと、いきなりむんずと片手をつっこんで、ズルズルと引きずり出したのはなんということだ。これまた、ゆうべ文代のベッドに寝ていたと同じような、人間の大きさのロウ人形ではないか。してみると、ゆうべ恩田がオートバイに積んではこびさったのは、文代ではなくて、このロウ人形だったのだろうか。

もしそうだとすると、文代はいったい、いつ、どのようにして誘拐されたのだろう。何もかもが、謎《なぞ》だらけだった。鉄仮面のすることは、こうしていつも、人の思いもかけないような行動に出るのだ。もし、恩田が生きていれば、その間の様子もいくらかはっきりするのだろうが、恩田を殺されてしまっては、どうすることもできない。こうして警視庁はまたもや世間の人びとから、非難をあびることになってしまった。わけても等々力警部と、矢田貝博士の面目はまるつぶれというわけである。

矢田貝博士などは、かえすがえすの失敗に、すっかり気をくさらせて、もうこれ以上、鉄仮面と戦うのはやめるとさえいいだしたくらいだ。

ああ、三津木俊助は、軽気球とともにいまだにゆくえがわからず、いままた、矢田貝博士が手を引くとしたら、怪人鉄仮面とはたしてだれが戦うというのか。

さて、物語はここでまたガラリと一変する。

ここは湘南《しょうなん》のかたほとり、北原白秋《きたはらはくしゅう》の歌で名高い城ケ島《じょうがしま》に近い、とある丘の上に、一つのふしぎな城が建っている。もし旅人がこの丘のふもとを通りすぎて、なにげなくこの城をあおいだとしたら、その人はじぶんが日本にいるかどうかとうたがってみたことだろう。それほど、この建物は一ぷう変わっているのだ。ツタカズラがおいしげる高い望楼、ピエロがかぶる三角帽のようにとがったいくつかのせん塔、鐘楼《しょうろう》もあれば、銃眼のついた高い壁もあるというぐあいで、まるで中世のヨーロッパの古城さながらのすがたであった。

それもそのはず、この城を建てたのは、もと東京の有名な実業家で、その人はかつて、外国を旅行してきたときに、イタリアのどこやらで、これと同じ城を見物してきて、それからというもの、その古めかしいおもむきが忘れられず、そっくりそれと同じ城を、この湘南の地に建てたのである。

ところが不幸にも、その人は、この城ができあがるとまもなく、事業に失敗して破産したあげく、発狂して城の塔で自殺してしまったものだから、それ以来、だれひとりこの奇妙《きみよう》な城に住もうというものはない。住む人のないこの城は、日ましに荒れはてるばかり。ちかごろでは、この城に主人の幽霊が出るといううわささえたって、人呼んでこれを幽霊城。

さすがのきものふとい漁師でさえ、この城の付近には近寄らぬようにしているくらいである。

さて、まえにいった矢田貝博士の家の怪事件があってから一週間ほどのちのことである。

この丘のふもとの漁師村に、ただ一軒ある宿屋へとつぜんやってきたひとりの旅人があった。宿帳にしるした名前を見ると由利《ゆり》麟太郎《りんたろう》、職業は画家とあったが、ふしぎなのはその人の顔かたちである。そぎ取ったようなするどい顔。人をさす目、その顔を見ると、どうしても、四十五より上には見えないのに、奇怪なのはその髪の毛だ。まるで白雪をいただいたような銀色の頭髪は、この人の年齢をはんだんするのにくるしませるのである。

由利麟太郎氏は、宿屋に荷物をとくと、すぐ散歩にいくといって、ブラリと外へ出かけた。画家というふれこみだから、近くの景色をさぐりに行っても、なんのふしぎもないが、しかし、なんともふしぎなのは、この人のするどい目である。それは画家がスケッチする場所をさぐるというよりも、するどい猟犬が獲物をかぎつけようとする目つきに似ている。

この人は丘をまわって、しだいに波打ちぎわへ出ていった。その波打ちぎわのすぐうしろには、切り立てたような断崖《だんがい》がそそり立っていて、その上に例の古城が、城ヶ島の燈台とむきあって、そびえているのである。由利はその波打ちぎわに腰をおとすと、ポケットから一本の葉巻を取り出して、ゆっくりと、それに火をつけた。

――と、そのとたん、何やら白いものがとんできたかと思うと、カチリと由利の足もとにはねかえった。由利麟太郎はギョッとしたように、ひとみをすえたが、見ると、それは小さな貝がらなのである。由利はちょっとふりかえって、上を見た。崖《がけ》の上には、例の古城がそびえ立っていたが、その城の窓に何やらチラと白い物がうごいたように見える。しかし、それはすぐ窓のなかに消えてしまった。

由利はしばらくあたりを見まわしていたが、やがてつと身をかがめて、その貝がらをひろいあげた。ふつうのハマグリなのだ。由利はしばらく、そのハマグリをじっと眺めていたが、やがてその割れ目に爪をあてると、カチリとハマグリのからをふたつにひらく。――と、なかから出てきたのは、はたして一枚の紙片、紙片の上には、

タスケテ――タエコ

と、ただそれだけ。由利はそれを見ると、ギョッとしたように目をすぼめたが、そのとき、岩のむこうからサクサクと砂をふむ足音が聞こえたので、あわててその貝がらをポケットにねじこんだ。

と、そのとたん、岩角をまわってすっとあらわれたのは、ひとりの漁師だ。まっくろに日にやけ、身にはぼろぼろの着物をまとっている。漁師は由利のすがたを見ると、ギョッとしたように立ちすくんだが、きゅうにギロリと目をひからせると、

「おい、いまここへ、なにか落ちてきやしなかったかい」

と、おびやかすような声なのだ。

「知らないね」

と、由利はわざととぼけて、たばこの煙をはいている。

「ちくしょう、いま、おまえなにかポケットへかくしたじゃねえか。それをこちらへわたせ」

「いやだ！」

「いや？　こんちくしょう！　いやだとぬかしゃ、腕ずくでもうばってみせるぞ」

と、漁師はふんぜんとして、由利のほうにおそいかかってきたが、何を思ったのか、あっと叫んであとずさりをすると、

「や、や、あなたは由利先生！」

名前をいわれて由利はギョッとしたように、きっと身がまえをすると、

「そういうきさまはなにものだ」

「先生、ぼくです。三津木俊助です。先生、由利先生、よく帰ってきてくださいました」

と、そういったかと思うと、三津木俊助、いきなり相手の腕にすがりついて、オイオイと男泣きに泣きだしたのだ。

ああ、奇怪とも奇怪、このあやしい漁師ふうの男こそ、軽気球とともに、ゆくえ知れずになった三津木俊助だったのだ。しかしその俊助に先生と呼ばれる由利麟太郎とは、はたして何者だろう。

きみたちのなかにも、名まえを聞いた人があるかもしれない。この由利先生こそは、かつて警視庁の捜査課長として有名な、そして大探偵といわれた人だった。その後ある深いわけがあって、捜査課長をやめ、外国へ旅行に行ったのである。

三津木俊助は由利先生が捜査課長時代からたいへん世話になっていた。新聞記者と警察官と、職務こそちがってはいても、ふたりの仲は兄弟も同じの親密さ。いつも協力して、難事件を解決したものである。俊助はこんど鉄仮面の事件が起こってからも、しば

しば、この由利先生を思い出したものだ。

（由利先生さえいてくれたらなア）

俊助は何度となくそうためいきをついたものだが、その由利先生がいまやとつぜん、事件のなかへ登場したのだ。俊助ならずとも、びっくりするのはむりもない。

「ああ、きみか――」

と、由利先生も、一時のおどろきからさめると、いかにもうれしげに、俊助の手をにぎりしめる。

「これはありがたい。きみが生きていてくれようとは、夢にも思わなかった。きみは軽気球とともに、海中へついらくして死んだことだとばかり思っていたよ」

「そうです。この付近の海上へ落ちて危うく死ぬところだったのですが、御子柴進という少年の勇敢なはたらきによって、ようやく命をとりとめたのです。そして、この古城についての、耳よりなうわさを聞いたものですから、わざと身分をかくして、古城の様子をさぐっていたのですよ。しかし、ふしぎですなあ、先生はどうして、この古城へ目をつけられたんですか」

「なあに、それはいたってかんたんなことさ。しかしそれはまだ話す時期ではない。それよりこんなところで立ち話をしていて敵にあやしまれてはならん。今夜、十二時におれの宿へたずねてきたまえ」

「行きます。先生！　ぼく、うれしいのです。先生が事件の解決に、お骨折りくださば、鉄仮面のひとりやふたり……」

「しっ、ばかな声を出すもんじゃない」

ああ、なんという意外なめぐりあい、なんといううれしい運命の変わりかたであろう。俊助はほとんど足も地につかぬ心もちで、いったん由利先生に別れたが、さて約束の十二時に、指定された由利先生の宿をおとずれた三津木俊助は、先生の部屋へはいるやいなや、あっとばかりに立ちすくんでしまった。

なんということだ。そこにはあのうらみ重なる鉄仮面が、ごうぜんとして突っ立っているではないか。

「おのれ」

と、俊助が思わずこぶしをかためてつめ寄ると、ふいにみょうなことが起こった。

「三津木くん、三津木くん、早がてんしちゃこまる。おれだよ、由利麟太郎だよ」

といいながら、仮面をとったところをみると、これこそ、まさしく由利先生。

「どうだ、三津木くん、おれの作戦は。――今夜はこうして鉄仮面に化けて、敵の本拠をつこうというのだ。どうだ、きみもいっしょに行かないか」

と、由利先生はそういうと、ぼうぜんとしている俊助をしりめにかけ、高らかに笑ったのである。たのもしきかな由利先生。登場するや早くも名探偵ぶりを発揮して、鉄仮面にむかって、真正面から挑戦しようというのだ。

妙子はふと目をさました。どこやらでかすかに口笛を吹く音がする。

ルルルルル……しんとした古城のなかに、ひそやかにひびきわたるその口笛の音のきみわるさ。いったい、だれがいまごろ口笛なんか吹いているのだろう。――そう思って、じっと聞き耳をたてていると、ふいに、

「キャーッ！　だれか――だれかきてえ」

と、つんざくような悲鳴が古城の壁にはじきかえって、聞こえてきた。その声に妙子はギョッとして、あなぐらのような一室のベッドの上に起きなおった。

（文代さんだ！　そうだ、たしかにいまのは文代さんの声にちがいない。それじゃ、文代さんもやっぱり、この幽霊城に捕らえられているのだろうか）

妙子はもうむちゅうだった。われを忘れて、思わず厚いドアにからだをぶっつける。しかし、古びているとはいっても、もともとがんじょうなカシのドアなのだ。かよわい女の身で、どうしてこれを打ち破ることができよう。

「ああ、神さま。どうぞどうぞ、このドアをあけて、そしてひとめでもいいから文代さんに会わせて」

この古城にとじこめられてから、なにもかもあきらめてしまった妙子だったが、このときばかりは、いまいちど身の自由がほしかった。鉄仮面に抱かれて、軽気球を脱出してから、この古城にとじこめられるまで、彼女は女としていうにいわれぬおそろしい目にあってきた。もうもう、こんなおそろしい目にあうくらいなら、いっそ死んでしまっ

たほうが、どれくらいましだかしれやしないと、いくどとなく自殺を決心した妙子だったが、そのたびに、彼女を引きとめるのはあのいじらしい文代のおもかげだった。

その文代の声が、ふたたび三たび、古城の闇をつらぬいて聞こえた。

「助けて、助けてえ。あれ、おそろしい」

と、息もたえだえなその声。妙子はそれを聞くといよいよむちゅうになった。必死になって、ドアをたたき、身をもだえ、じだんだをふんでいるうちに、ふいにスーッとドアが外からあいたかと思うと、いきなり、グィと彼女の腕をつかんだ者がある。

鉄仮面なのだ。鉄仮面は冷たい鋼鉄の目で、じっと妙子の顔を見ていたが、

「妙子、おまえ、そんなに文代に会いたいか。よしよし、それじゃ会わしてやる」

と、いったかと思うと、いきなりグィと妙子の肩を捕まえ、引きずるように、長い廊下を歩いていく。くねくねとまがりくねった、まっ暗な古城の廊下、あちこちに、古びた石膏《せっこう》像や、ヨロイをつけた武士の像が立っていて、それがまるで化け物のように、あやしげな息づかいをしているのだ。

鉄仮面はそれらのなかを、無言のまま歩いていく。ところどころに丸い窓があって、そこから帯のような月のひかりがすべりこんでいる。鉄仮面はやがて、とあるドアの前に立ちどまった。そして、ドアの上についている丸い窓をひらくと、ルルルル！　ルルルル！　と二、三度ひくく口笛を吹き、やがてまた、妙子のほうへふりかえって、

「妙子、ほら、このなかをのぞいてみろ」と、いう。

妙子はこわごわのぞいてみると、部屋のなかにうつぶせにたおれているのはまさしく香椎文代。気でもうしなっているのだろうか、床に顔をふせたまま、身うごきもしない。ふと見ると、その文代のからだから二、三メートルとはなれないところに、なにやら異様にふとい、帯のようなものが長ながと横たわっている。

「妙子、ほら見ていてごらん。いま、おれが口笛を吹くからな」

と、鉄仮面はそういうと、またもや仮面の奥で、ルルルルル！　ルルルルル！　とかるく口笛を吹き出した。と、そのとたん、なにやら、シュッ！　シュッ！　と気味の悪い物音が聞こえたかと思うと、ああ、なんということだ。床の上に横たわっていた、あの長い帯が、静かに静かにうごきだしたではないか。

「あッ！」と、妙子は、思わずまっさおになった。全身の毛穴という毛穴から、熱湯のような汗がほとばしり出てきた。じつにおそろしいとも、ものすごいとも、ちょっと口でいいあらわすことができないほどのその光景のおそろしさ。

帯のように見えたのは、一匹の大きなニシキ蛇《へび》。そのニシキ蛇が、大きな樽《たる》ほどもあろうと思われるかま首をもたげながら、チロチロと、舌をはいて、文代のほうに、はいよっていく、そのおそろしさ。シュッ！　シュッ！　というあの異様な物音は、ニシキ蛇が全身をくねらすたびに、うろこがふれあって発する、世にも気味の悪い音なのだ。

「あっ！」

と、妙子が思わず絶叫すると同時に、いままで気をうしなっていた文代が、ふと息をふきかえした。——と、ほとんど同時に、彼女はじぶんの目の前にせまっている怪物の目を見たのだ。

「あれ！　ああ、助けて！　助けて！」

と、髪をふりみだし、気も狂わんばかりの様子で、部屋のなかを逃げまどう文代のすがた。そのあとを、あのものすごいニシキ蛇は、あい変わらずシュッ！　シュッ！　とぶきみな音をたてながら、長いからだを波打たせておいかけるのだ。——ああ、そのおそろしさ、ものすごさ。

「はははははは、妙子、見たかい。ほら、おまえもおぼえているだろうな、いつか新聞に出た鉄仮面の広告を。——

　欲ばりばばあは欲ばって
　お化けのつづらをしょいこんだ
　親の因果が子にむくい
　香椎文代のいじらしさ

と、いうあの歌を。ほらほら、あのおそろしい大ニシキ蛇が、お化けのつづらから出てきた化け物さ。いまに文代は、あの怪物に巻かれて、骨も肉もバラバラにくだかれて死んでしまうわ。はははははは」

鉄仮面はそういったかと思うと、ぶきみに、古城のなかにひびきわたるような声をあげて笑ったが、どうしたのか、その声はフーッと、ためらうように闇のなかへ消えていった。なにやら、闇の廊下にうごめくけはいをかんじたのだ。

「だれだ！」

と、鉄仮面はふいにギョッとしたようにふりかえる。

「おれだよ」

と、闇のなかから声がした。

「おれ！　おれじゃわからん、だれだ？　名を名のれ。名を――」

と、鉄仮面は片手にしっかりと妙子のからだを抱いたまま、しゃがれた声をあげてやっきとなる。

「名か、はははははは、名は鉄仮面」

と、そういったかと思うと、とたんに、闇の廊下からぬっと顔をつきだしたのは、あ、なにからなにまでよくぞ似たと思えるほど、そっくり同じ鉄仮面。

「あっ！」

さすがの第一の鉄仮面も、思わずよろよろとうしろへよろめいた。古城のまがりかどで顔をつき合わせたこのふたりの鉄仮面。

百鬼夜行《ひやつきやこう》

身の毛もよだつような、暗黒の地獄の底で、いま、バッタリと顔と顔とをつき合わせたふたりの鉄仮面。西洋のことばでいえば、それこそふたつの豆と豆のように、少しもちがわぬ、鉄仮面ふたりなのだ。さすが大胆ふてきな第一の鉄仮面も、思わずうめき声とともに、ヨロヨロとうしろへよろめいたが、それもむりのない話。

「いったい、き、きさまはなにものだ！」

と、第一の鉄仮面。

「おれか、おれは鉄仮面よ。そういうきさまこそなにものだ」

と、第二の鉄仮面。

仮面にかくれた四つの目が、白刃のようにわたりあって、ふたりとも、すきあれば、いまにもおどりかかろうと身がまえ、必死の意気ごみなのだ。

壁ひとえむこうの密室では、いましも文代が息もたえだえにすくいをもとめている。シュッ！　シュッ！　と、世にも異様な物音をたてて、それを追いかけるニシキ蛇。

――と、そのときである。密室のなかで、とつじょ、ただならぬ物音が起こった。ドタバタと床の上をのたうちまわる蛇の音。それにまじって、文代の悲鳴、いきもたえだえのすすり泣きの声。ああ無残、あのおそろしいニシキ蛇が、ついに文代のからだを捕らえたのではなかろうか。

「あっ！」

と、叫んでまっさおになったのは、それまで、廊下のかたすみにたたずんでいた妙子である。目の前でにらみあっているふたりの鉄仮面よりも、彼女にはこのほうがもっと

気になるのだ。すばやく身をおどらせて、あの四角いのぞき窓にとびついた妙子、ひとめ、なかの光景を見るやいなや、

「あれ！」と、叫んで、そのまま廊下のはしに、クネクネとたおれてしまった。気をうしなったのである。

いったい、彼女はその密室のなかに、なにを発見したのだろう。

それはともかく、妙子のこのとつぜんのそぶりに、あとから現れた鉄仮面は、ちょっと気をとられていた。つまりそれだけ、身がまえにすきができたわけである。ゆだんのない第一の鉄仮面が、これを見のがすはずがない。ふいにサッと身をすくめたと見ると、頭づき一番、いやというほど相手の胸にぶつかっていったからたまらない。ふいをくらった第二の鉄仮面は、思わずタタタタタとあとずさりをすると、妙子のからだの上をとんで、ドンと廊下の壁にぶつかった。と、見るとこの時すでに、第一の鉄仮面は、はや二、三メートルむこうをいちもくさんに走っている。

「待て！」

と、叫んだ第二の鉄仮面が、からだのかまえをなおしたとき、
ズドン、ズドンと、たてつづけに二、三発。さいわい弾丸はことごとくねらいがはずれて、うしろのはめ板に穴をあけただけだが、その間、第一の鉄仮面は、サッと、廊下のかどをまがって闇のなかへ。

「おのれ！」逃がしてなるものかと、身を起こした第二の鉄仮面が――もちろんこれは

由利先生なのだが――いそいであとを追っかけると、いましも、第一の鉄仮面は、長い廊下を疾風のごとく走っていく。

ズドン、ズドン、ふたたび、三たび、ピストルの音が古城の闇をつらぬいて、廊下の左右にズラリと陳列してあるよろい武者や、美人の石膏像が、いまにもおどりだしそうなおそろしさ。

そのなかを、ふたり鉄仮面の必死の鬼ごっこ。逃げるのも追うのも、なにからなにまでちがわぬ同じ顔かたちをしているのだから、まるでわけのわからない光景だ。

「チェッ!」と、ふいに、先頭の第一の鉄仮面が立ち止まると、手にしていたピストルを、いやというほど床の上にたたきつけた。弾丸がなくなったのだ。しかも、廊下はそこで行きどまりときている。

こうなったらもうしかたがない。いよいよ、素手と素手との戦いなのだ。鉄仮面はすっかり覚悟をきめたように、あとからせまってくる由利先生のすがたを眺めていたが、何を思ったのか、ふいにクルリと身をひるがえすと、窓から外へ、トイを伝ってするすると屋根のほうへのぼっていく。

こう書くと、なんでもないことのようだが、考えてもみたまえ、そこは切り立てたような断崖の上にそそり立っている古城の、しかも一番高い鐘楼なのだ。もし、一歩、足をふみはずせば、身は高い断崖から、岩の多い波間についらくして、骨も肉もこなごなとなってくだけてとぶだろう。

その塔の壁の上を、いましも鉄仮面はヤモリのようにはいのぼっていく。それこそ、生命《いのち》がけでなければできないげいとうなのだ。

十センチ、二十センチ、トカゲのように身をくねらせて、その壁の上をはっていくうちに、鉄仮面の手は、ふと一すじのつなにふれた。いやつなではない。壁一面をおおっているツタのつるなのだ。

「しめた！」とばかりにこのつるに手をかけた鉄仮面、こころみに引っぱってみると、ビクともしない。これさいわいとばかりに鉄仮面、このつるにぶらさがると、猿のごとくスルスルと塔のてっぺんへのぼっていく。ピエロのかぶるトンガリ帽子のような塔の屋根、その先に突っ立っている避雷針《ひらいしん》のそばまで、やっとたどりついた鉄仮面が、ふと見ると、いましもじぶんののぼってきたつるが、はげしくゆれている。だれかがうしろからのぼってくるのだ。ハッとした鉄仮面が下を見ると、屋根のひさしから、ニョッキリと顔を出しているのは、うたがうべくもない、第二の鉄仮面なのだ。

「わははははは、きやがったな、この生命しらずのにせものめ！　こうなったらもうこっちのものだ。どれ、あっさりケリをつけてやろうか」

といいながらスラリと抜きはなったのは一ちょうの短刀。こいつをつるの上にぴたりとあてると、

「そら、このつるをきってしまえば、きさまのからだは、高い崖から落ちて、こっぱみじんとくだけてしまうわ。はははははは、いいざまだ」

ああ、なんということだ。由利先生はあまりあせりすぎたのではあるまいか。いかに悪魔といっても、いつまでもこんな塔の上にがんばっていられるはずはない。先生はむしろ相手がこうさんして、おりてくるのを待っているほうがよかったのに、なまじ相手を早く捕まえようと、あとを追ってきたために、このようなはめにおちてしまったのだ。

「そら、こうすればどうする」

とつじょ、短刀の刃がキラリとひかって、闇夜にひらめくと見ると、つるはそこからプッリときれた。

「うわーッ！」と、するどい悲鳴。やがてはるか下の崖のすその、波の音にまじって、ボシャッというような、鈍い物音がきこえてきた。うす暗い空には、月も星もない。どこやらで夜ガラスの声がふた声、三声。

クモのように塔上に吸いついていた鉄仮面は、しばらく、じっときき耳をたてていたが、やがて、ホッとしたように、かるく肩をゆすると、こんどはまた、別のつるをつたってスルスルとおりてくる。

やがて、鐘楼の窓まで来ると、ポンとなかへとびこんだ。

「ああ、ひどい目に会わせやがった。しかし、いったいあいつは何者だろう。だれにしろ、この古城に目をつけたからにゃ、こいつゆだんはならないぞ」

と、口のなかでつぶやきつつ、窓からからだをのりだすと、くすぶったような銀色の波間に、ゆらりゆらり、ただよっているのは、たしかにさきほどのにせ鉄仮面。

「ふふふ、ここから落ちた以上、とうていたすからぬのはわかっているが、だが、どうも気がかりじゃて」

　と、不安そうにつぶやきながら、それでもソワソワした急ぎ足で、もとの廊下へととってかえす。見ると、さっきのところには、妙子があいかわらず、気をうしなってたおれているのだ。

「よしよし、いい子だ、まだここにいたな」

　と、いいながら、しかし鉄仮面は、妙子のそばへ寄ろうともせず、そのまま、ツツッと進みよったのはあの四角いのぞき穴だ。

　部屋のなかはどうしたのか、シーンとしずまりかえっている。もはや、あのおそるべきニシキ蛇のはいまわる音もきこえないし、文代の悲鳴もとだえている。さすがの鉄仮面も、ゾッとしたように身をすくめたが、それでもむりに勇気をふるうと、おそるおそるのぞき穴から内部をのぞいて見た。だが、そのとたん、「あっ！」と、さすがなさけ知らずの鉄仮面も、思わずうしろにとびのいたのだ。

　見よ！　ほの暗い部屋いっぱいに、あの大きなニシキ蛇がとぐろをまいているではないか。しかも、そのとぐろの中心に見えるのは、ああ、白い手、ロウのようにつややかな足。

　さすがの鉄仮面も、それ以上、このものすごい光景を、見つめていることはできなかったとみえる。ピタリとのぞき穴のドアをしめると、思わず仮面の下で汗をふいた。

「ああ、かわいそうだが、これもしかたがないことだ。親の因果が子にむくうとは、まったく、このことだな」

いろいろやってきたかれの悪事のうちでも、これほど、おそろしくも、また冷血な犯罪はないだろう。しばらくかれは口のなかで、なにやらブツブツとつぶやいていたが、やがて思いきったように、妙子のからだを抱きあげると、暗い廊下を通って、奥まった一室へ帰ってきた。そこがかれの部屋なのだ。

部屋のなかにはさまざまなめずらしい道具や置き物がかざってある。壁には大きな水牛の角《つの》、南洋の原住民の使うような奇妙な吹き矢、それからかれがしばしば使用する、あのアルミニウム短剣をぶっ放す銃など、悪魔の本拠にふさわしい、世にも奇怪な兇器《きょうき》がたくさんあった。

鉄仮面はこの部屋のなかに妙子を抱きこむと、どっかとそばの長椅子の上に、そのからだを投げ出し、さて、じぶんは立てつづけに二、三杯、ウィスキーをのんだ。すると、いくらか勇気がかいふくしたのだろう。しばらく、おかしな声をあげて、ゲラゲラと笑っていたが、そのうちに、ふと、かれはその笑い声をやめて、フーッとばかりにあたりを見まわすのだ。そのとき、どこやらで、かすかなすすり泣きの声が聞こえてきたからである。

妙子か――？　いや、妙子はぐっすりと眠っている。しかも、そのすすり泣きはすぐ近くで聞こえてくるのだ。鉄仮面はふいに、つかつかと部屋を横切って、片すみにたれている重いカーテンをサッとまくりあげた。――と、そのとたん、かれは世にも奇妙な叫び声をあげてうしろにとびのいたのである。

カーテンのかげには、大きなベッドがあった。そしてそのベッドの上に、すやすやと眠っているのは、ああ、なんということだ。たったいま、蛇に、巻きころされているところを、見てきたばかりのあの文代ではないか。

「あっ!」と、鉄仮面は思わずカーテンにしがみついた。それから、ねんのために、ベッドの上に身をかがめて、文代の顔をもういちど見なおそうとした。と、そのとき、ふいにカーテンのかげから、やにわに腕をのばして、ムンズとばかりに、かれの腕をつかんだ者がある。氷のように冷たい手なのだ。

「だ、だれだ!」

と、その手を振りきってサッと一歩うしろへとびのいた鉄仮面、おそれたようにそうどなりつけると、その声におうじるかのように、フラフラと、カーテンのかげからはい出してきたのは、ああ、なんということだ、またしてもにせ鉄仮面! しかも全身に血をあびて、冷たい鉄製の仮面の唇から、タラタラと血を流しているその気味悪さ。

さすがの鉄仮面も、思わず髪の毛がさかだつような気がした。

「い、いったい、き、きさまはなにものだ!」

と、叫んだが、相手は無言。まるで幽霊のようにフラフラと、こちらへ近よってくる。

その気味悪さったらない。

「こんちくしょう!」

と、鉄仮面はやにわにテーブルの引き出しからピストルを取り出し、ダン、ダン、ダン、二、三発ぶっ放したが、相手はビクともしない。かえって、

「ひひひひひ」と、ひくいふくみ笑いの気味悪さ。

「うぬ!」

と、こんどは、壁にかけてあったサーベルを取りあげると、柄をもとおれとばかりに、相手のからだに突き刺したが、なんという奇怪、サーベルは相手のからだにふれたとたん、カチーンと音を立て、三つに折れて床にとんだ。

鉄仮面はいよいよ、奇怪な恐怖のとりことなった。

こいつはいったい、人か魔か。かれが一歩さがれば、相手はジリジリと一歩前進する。鉄仮面はしだいに部屋の入り口のほうへ追いつめられていく。やがてドアのそばまできたとき、鉄仮面はふいに、

「うわッ!」と、悲鳴をあげて、廊下へととび出した。

まるで、逃げてゆく鼠《ねずみ》のようなかっこうだ。暗い廊下をやたらめっぽう、めちゃくちゃにかけずりまわったが、やがていくらかつかれたのだろう、廊下のはじにかざってあるよろい武者のそばまでくると、ホッとしたように、それによりかかって汗をふく。別にだれも追いかけてくるような様子はみえない。古城のなかは例によって死のような静けさ。

「はてな、おれは夢でも見ているのじゃなかろうか。ばかばかしい、死人が生きかえるなんて、そんなばかなことがあるものか。今夜はよっぽどどうかしてるぞ。おい、鉄仮面、きさまもすこしヤキがまわったな。はははは！」

ゾッとするような笑い声が、古城の壁にひびく。その笑い声に、じっと耳をすましているうちに、鉄仮面はなにを思ったのか、ふいにハッとしてうしろへとびのいた。いままで、なんの気もなしに寄りかかっていたそのよろい武者に、ほのかなあたたかみをかんじたからなのだ。いやいや、あたたかみばかりではない。ズキン、ズキンと、心臓のこどうに似た脈の音さえかんじられるのだ。（ばかな！　そんなことが、――これは単なるこしらえものの人間にちがいないじゃないか）だが、ああ、これはどうしたというのだ。そのこしらえもののよろい武者が、かすかに身うごきをはじめたではないか。

「うわッ！」

と、鉄仮面はまたもや、おそろしさにふるえあがった。悲鳴をあげて、二、三歩うしろへとびのいたとたん、それが、あいずでもあったかのように、うす暗い廊下の両がわに、ズラリとならんでいた像や、よろい武者が、いっせいにワラワラと身うごきをはじめたのである。

ああ、いったい、この光景を、なんにたとえたらよいであろうか。

月あかりさえささぬ迷路のような廊下の両がわから、一つ、二つ、三つ、四つ、五つ、……十にあまる武者人形や、像が、いっせいに、うごきだしたのだから、その光景の気味悪さ。

さすがの鉄仮面も、髪の毛が白くなるような、おそろしさに打たれたのもむりはない。十にあまる像や武者人形は、やがて、おのおの台からおりて、ジリジリと鉄仮面のほうへ近よってくる。鉄仮面は、悪夢にうなされるような声をあげ、一歩ひき、二歩うしろへよろめく。

それをとりまくようなかたちで、奇怪な化け物たちは、もくもくとして前進する。日本風のよろい武者、西洋風の甲冑騎士《かっちゅうきし》、ヤリを持ったアポロの像もいれば、羽のはえたサンダルをはいているマーキュリーの像もいる。からだじゅうに大きな蛇をまきつけたラオコーンの像もいる。

鉄仮面は、いまやまったくの袋の鼠。一方の廊下のはしからもう一方のはしへ、ジリジリと追いつめられた。かれの行く手はただ一つ。それはたったいま、逃げ出してきたばかりの、あの部屋のドアがあるだけなのだ。

鉄仮面はついにそのドアの前まで追いつめられてきた。

「はははは、まあ、こちらへはいりたまえ。逃げようたって、逃げられないことは、これでわかったろう。そうキョロキョロせずに、なかへおはいり」

と、部屋のなかから声をかけたのは、なんとあの血まみれのにせ鉄仮面ではないか。

さすがの大悪党の鉄仮面も、こうなったら絶体絶命、しばらくかれはぼうぜんとしてじぶんのまわりをながめていたが、追いつめられてかえってヤケクソになったのだ。

「うぬ！　さてはきさまが首領だな、いったい、きさまは何者だ！」

と、叫んだかと思うと、いきなり、相手にむしゃぶりつき、サッとばかりにその仮面をはぎとったが、そのとたん、

「ヤ！　ヤ！　これは――」と、ばかり、世にも異様な叫び声をあげて、うしろにとびのいたのである。仮面の下からあらわれたのは、度の強い近眼鏡に、ショボショボとはえた長い山羊ひげ、おなじみの矢田貝修三博士の顔なのだ。それにしても、この顔を見たときの鉄仮面のおどろきよう！　そのあまりの異常さには、なにかわけがあるのではなかろうか。

「ははははは、きみたち、ごくろうごくろう。とんだおしばいでしたな。どうぞ、もうそのふんそうをおとりになってください」

と、ズラリとドアの前にいならんだ、例のよろい武者たちのひとむれにそう声をかけたのは、いわずと知れた矢田貝博士の顔をした男。――しかし、奇妙なことには、その声は、どこか、いつもの矢田貝博士とちがっているところがあった。

それはともかく、博士の一言にうなずきあいながら、てんでにふんそうをといたところを見ると、なんとこれがすべて読者しょくんのおなじみの人物。まず第一に、あのよろい武者は三津木俊助、アポロの像は御子柴進少年、それからいつのまにやって来たのか、等々力警部もいれば、新日報社の編集長、鮫島氏までいようというわけ。そのほかはすべて、等々力警部がつれてきた、部下の刑事たちらしい。

これらの顔をまぢかに見たとき、鉄仮面はいちいち、心中のおどろきをかくすことができぬように、思わず深いうめき声をもらすのだ。

「はははは、こうしてきみたちのふんそうをといていただいたからには、どれ、わがはいもひとつ、このやっかいな山羊ひげをとるとしようか」

と、そういいながら、眼鏡をはずし、山羊ひげをむしりとったところを見れば、意外や意外、矢田貝博士と思いきや、これはさきほど、崖下《がけした》へついらくしたはずの由利先生ではないか。それにしても由利先生、なんだってまた、矢田貝博士のふんそうをしていたのだろう。

それはさておき由利先生の顔を見たときの、鉄仮面のおどろきようったらなかった。

「や、や、きさまは由利麟太郎だな」

「ふむ、おれは由利麟太郎にちがいないが、きさまはよくおれの顔を知っていたな」

鉄仮面はそれにも答えず、

「それじゃ、さっきのいたずらは、みんなきさまのしわざだな」

「はははは、おい鉄仮面、きさまらしくもない。いまごろやっと気がついたのかい。さっききさまが塔の上から、突き落としたと思っているのは、ありゃ身がわり人形だぞ。それからまた、蛇にまかれていたのは、ありゃいつかきさまが、小石川の矢田貝博士の邸宅から、文代さんを誘拐するとき、身がわりに使ったロウ人形さ。なあに、ちょっと、きさまのまねをしてみただけのことさ。まさか、じぶんのほったわなに、みずから落ちようとは、さすがのきさまも気がつかなかったとみえるな」

「まいった。さすがは由利麟太郎だ。それにしても、きさまは、いつ外国から帰ってきたのだ。おれはきさまが帰るまでに、すべてかたづけにかかったのだが。……まあいい、今日のところは、かんぜんにわがはいの負けだ」

さすがは大悪党だけあって、わるびれたところは少しもない。まるで世間話でもするような口ぶりで、しゃあしゃあとじぶんの負けをみとめるのだ。

「ところで、由利麟太郎、きさまこのおれをどうしようというのだね」

「なあに、ちょっときさまの正体を見せてもらおうというのさ」

「よし、きた、おやすいご用だ」

と、いうかと思うと鉄仮面、すばやく顔にかぶっていた仮面をかなぐりすてたが、その下から出てきた顔は、いうまでもなく東座蓉堂。

「どうだ、これでいいか」

「はははは、それは東座蓉堂の顔だな。しかしなあ鉄仮面、おれのいうのはそれじゃない。その顔のかげにかくれている、もう一つの仮面を見せてもらいたいのだ」

「なんだと？」

蓉堂は思わず目をいからせて、由利先生の顔をながめたが、とつぜん、大声をあげて笑うと、

「おやおや、するときさまは何もかも見すかしたな。こいつは大笑いだ。はははは、

さすがは由利麟太郎、そこまで知っているとは感心かんしん」

といったかと思うと、何がおかしいのか、腹をかかえて笑いころげている鉄仮面を、見むきもしないで由利先生、かたわらにひかえている三津木俊助や等々力警部、それから鮫島編集長のほうをふりむくと、

「さあ、きみたち、いまこそ、この男のおそるべき正体の種明かしをしてごらんにいれましょう。おい鉄仮面、きさまもかくごはできているだろうな」

「いいとも、こうなったら、破れかぶれだ。みなさん、さぞおおどろきなさるぜ」

と、いかにもおもしろそうにいいながら、クルリとむこうをむいてなにかやっていたが、みるみるうちにそのからだつきからして変わってきた。いままでシャンとのびていたからだが、弓のようにまがったかとおもうと、やがてヨボヨボとしたあしどりで、

「ははははは、みなさん、おそろいじゃな。これは、これはめずらしい」

と、声までうって変わったしわがれ声。なんとなくききおぼえのあるその声に、一同がハッとして、目を見はったとたん、くるりとこちらをふりかえったその顔は、ああ、なんということだ、こんどこそまちがいもなく矢田貝修三老博士ではないか。

「あっ！」

そのとたん、天地がひっくりかえったような混乱が、その一室にわき起こった。

俊助も御子柴進少年も、警部も編集長も、さながら、じぶんの目を疑うように、このふしぎな人物の顔をみまもっている。矢田貝博士が鉄仮面？　ああ、そんなばかなこと

が信じられるだろうか。しかし、しかし、いま現にじぶんたちの目の前に立っているのは、まぎれもない、矢田貝修三老博士その人なのだ。しかもその人は一しゅんかんまえまでは、たしかに東座蓉堂としてじぶんたちの前に立っていた！　なんというおそろしい秘密！　なんというすばらしいペテン！

「先生」

と、俊助は思わず声をあげた。

「そ、それじゃ、矢田貝博士が東座蓉堂？」

「そうだよ、三津木くん。きみたちのような優秀な記者がこの事実に気がつかなかったとは、じつにうかつだったね。なぜといって、矢田貝博士はさいしょから、ちゃんとそのことを広告しているんだぜ」

「広告？」

と、警部が思わずふしぎそうに口を入れた。

「そうですとも。ぼくは日本へ帰ってきて、こんどの事件を新聞で読んだとき、すぐさまそれと気がついたのです。つまり矢田貝修三博士と、東座蓉堂なる人物が同じ人間であることを。見たまえ、これを」

と、いいながら、由利先生がエンピツと紙を取り出して、すらすらとその上に書いたのは、

12345678

ヤダガヒシウザウ
4 3 5 7 1 6 2 8
ヒガシザヤウダウ
という二行のかたかなのなまえ。

「見たまえ、こういうふうに、ふたつの名まえをかたかなに書きあらためればすぐわかる。つまり東座蓉堂という名は、矢田貝修三なる名の、かなの置き変えからできている名まえなんだ」

「あっ！」

と、俊助は思わず息をのみこんだ。

等々力警部と鮫島編集長は、あまりの意外さに、ぼうぜんとして、そこに立ちすくんでしまった。そのなかにあって、ただひとり、ニヤニヤと笑っているのは、いまや、おそるべき仮面をはぎとられた鉄仮面。かれはすでに、のがれぬところとあきらめて、このようにしんみょうにしているのだろうか。いやいや悪魔の知恵には、二重にも三重にも奥の手がある。鉄仮面はこういう話のうちにも、なにかしらまたすばらしい悪だくみを考えているのではなかろうか。

それはさておき、由利先生、あまりの意外さに、ぼうぜんとして、立ちすくんでいる一同の顔を見まわしながら、

「ぼくはこの事実に気がつくと、すぐにもういちど、この事件を、さいしょから考えな

おしてみたんだ。すると、いままでとけなかった謎のすべてが、はっきりわかってくるじゃないか。矢田貝博士すなわち鉄仮面と考えてみれば、唐沢雷太が殺された事件のばあいも、香椎文代誘拐事件のなぞも、さらにまた、恩田の殺人も、すべてがなっとくがいく。恩田を殺した飛来の短剣は、窓の外からとんで来たのじゃなくて、実はそばにいた矢田貝博士が投げつけたものなんだ。こう気がついたぼくは、それからあと、ひそかに、矢田貝博士の行動に注意しはじめた。すると、博士がさいきんになって、この古城を人知れず手に入れたことがわかってきたのだ。それ以後のことは、いまさらわたしの口から説明するまでもあるまいと思う」

ああ、なんというするどい発見、なんというすばらしい推理だろう。ほかの人間が何か月というあいだ、つねに、矢田貝博士と行動をともにしながら、ついにみやぶることのできなかった秘密を、由利先生は新聞で読んだだけで、いっぺんにみやぶってしまったのだ。

さすがに、ほかの人間はいささかきまりわるそうである。

「ははははは、おい、由利麟太郎。きさまの演説はもうそれでおしまいかい」

「ふむ、まあ、これぐらいにしておこう」

「そうか、よし、それでこのおれをいったいどうしようというのだ」

「お気のどくだが、これから用意の自動車で、東京の警視庁までいってもらおうというわけだよ」

と、蓉堂はさもあわれっぽく、肩をすぼめながら、

「すると、いよいよ、鉄仮面、逮捕というわけか。いやはやお気のどくみたいなことになったな」

「ふふふ、それもこれも罪のむくいだ。あきらめろ。さあ、用意がよければ、しょくん、そろそろ、出発しようじゃないか」

「おい、ちょっと、待ってくれ」

「なにかまだ用事があるのかい」

「きさまも男だろう。まさか、こんななりで、おれをひっぱっていくほど、無慈悲な男じゃあるまい。着がえぐらいさせてくれてもよかろう」

「なるほど、これはおれが悪かった。よし、それじゃいそいで身じたくをしたまえ」

「ありがたい。さすがは由利麟太郎だな。法にもなさけありというところか」

と、むだぐちをたたきながら東座蓉堂、すばやくうわ着をぬぎかけたが、きゅうに気がついたように、

「いけない、いけないよ。みなさまの目の前で、そんなしつれいなまねはできやしない。おい、由利麟太郎、ちょっとほかの人に廊下に出てもらってくれないか」

「なに？」

と、由利先生はちょっとまゆをしかめたが、べつに相手にこんたんがあるとは思えな

い。たとえ、相手になんらかのたくらみがあるとしても、ドアひとつへだてた廊下に、一同を待たせておくのに、なんの危険があるだろう。この部屋にあやしげな抜け穴などないことは、あらかじめ、由利先生はちゃんと調べておいたのだ。

「きみたち、この男がああいうから、ちょっと、廊下へ出てやってくれたまえ」

「先生、だいじょうぶですか」

「ナーニ、だいじょうぶだとも、あとにはおれがひかえている。変なまねをしたら、すぐ呼ぶからはいってきてくれたまえ」

先生の一言に、一同は安心してゾロゾロと廊下へ出ていった。ドアをピタリとしめると、由利先生、

「どうだ、これでいいだろう」

「いや、ありがとう。すると部屋のなかには、おれと由利麟太郎のふたり、それからここに気をうしなっている妙子と、むこうのベッドにいる文代の、四人だけということになったな。いや、けっこうけっこう」

と、そういいながら、東座蓉堂、鏡の前に立って、しばらく、身づくろいをしていたが、やがてきちんとした紳士の服装になって、ニヤッとばかりにふりかえる。それを見ると由利先生、

「よし、用意ができたな。用意ができたらさっそく出かけよう」

「出かける？　どこへ？」と、蓉堂は、わざとふしぎそうに聞きかえす。

「どこへって、きまってるじゃないか、警視庁だ」

「おれァ、いやだよ」

と、ズバリ、鉄仮面はいい放つと、平然としてポケットから葉巻を出して吸いだした。

「いや？」

「いやだね。警視庁なんてまっぴらだね。おれァ虫が好かんよ。ほかのところなら行ってもいいが」

「きさま！」

と、いいかけたが、由利先生、ふいにサッと恐怖の色を顔いっぱいに浮かべる。あまりにも自信にみちた相手のたいど――そこにはなにか、おそろしいこんたんがあるのではないか。

「はははは、おい、由利麟太郎、さすがのきさまもそろそろ心配になってきたな。おい、心配なら仲間を呼びな。廊下に待たせてある仲間を呼べばいいじゃないか」

「よし、いわれるまでもない！」

と、由利先生はすぐさま、ツカツカと部屋を横切ると、さっとばかりにドアをひらいたが、そのとたん、さすがの由利先生もあっとばかりにそこに立ちすくんでしまったのだ。

「はははは、どうだ、おい、由利麟太郎。きさまの仲間はそこにいるかい」

いないのだ。これはいったいどうしたというのだ。天にのぼったのか、地に吸いこまれたのか、たったいま、その廊下へ出ていった一同は、奇怪にも煙のように消えてしまっているのである。

人間地図

「おい、どうだね、由利麟太郎くん。きさまの仲間はそのへんにいるかね」

鉄仮面のこばかにしたような笑い声が、まるでカミナリのように、ガンガンと由利先生の耳にひびくのである。

いないのだ。由利先生は長い廊下のあとさきを、ズッと見まわし、

「三津木くん、三津木くん。等々力警部はいないか」

と、呼んでみたが、こたえるのはしいんとした古城の壁に響く、ぶきみなこだまばかり。俊助はもちろん、等々力警部も鮫島編集長も、一しゅんにして廊下からかき消えてしまったのである。

ああ、なんというおそるべき、悪魔の妖術！　さすが豪胆な由利先生も、しばらくはぼうぜんとしてその場に立ちすくんでしまった。

「うわはははは。どうだい由利くん、じつにすばらしい大奇術、大魔術じゃないか。きさまの仲間はまるで煙みたいに消えてしまった。うんともすんともいわずに。ハハハハハ、ゆかい、ゆかい。さあ、こうなりゃきさまとおれのふたりきり、つまり一対一だ。

さあこれからゆっくり勝負をしようじゃないか」

鉄仮面の東座蓉堂、そういうと、ふいにキラリと目をひからせ、かたわらにあった青銅の置き物を手にすると、悪魔のように、由利先生におどりかかってきたのである。

さて、このおさまりがどうなったか。だが、ここで作者は筆をすこしもとへもどして、廊下の外に待っていた三津木俊助や、そのほかの人びとのことについて語ろうと思うのである。

由利先生にうながされて、ひとまず廊下へなだれ出た三津木俊助や等々力警部、あるいは鮫島編集長やそのほかおおぜいの刑事たちはどうなったのであろうか。

いや、じっさいのことをお話しすると、かれらはどうなりもしなかったのだ。由利先生のことばにしたがって、ただしんみょうに廊下にひかえていただけの話なのである。

ところが、いつまで待っても、由利先生が、部屋のなかから出てこない。三分とすぎ、五分とすぎた。しかも、部屋のなかからはなんのへんじも聞こえない。鉄仮面が着がえをするにしても、あまり時間がながすぎる。廊下の外に待っていたものたちの面にも、しだいに不安の色がこくなってきた。

「どうしたのでしょう。すこし時間がながすぎやしませんか」

「おかしいね、ひとつ三津木くん、様子をきいてみたまえな」

と、鮫島編集長のことばに、

「承知しました」

と、ドアのそばに近づいた三津木俊助。

「先生、先生」

と、呼んでみたが答えはない。

「先生、由利先生、用意はできましたか」

と、声をはりあげたが、部屋のなかはあいかわらずしんとしずまりかえっている。一同の顔には、さっと不安の色がひろがっていく。

「三津木くん、どきたまえ。ぼくがひとつ呼んでみよう」

俊助にかわった等々力警部が、さざえのようなげんこつをかためて、ドンドンとドアをたたきながら、

「先生、先生、由利先生、ここをあけてください。みんな待っていますよ。由利先生」

と、大声でわめいたが、いぜんとしてへんじはないのだ。さあ、いよいよただごとではない。ひょっとすると、鉄仮面のやつが、由利先生を。――

「三津木くん、こりゃたいへんだ、ぐずぐずしちゃいられない。おい、みんな手をかしてくれたまえ。このドアをやぶってみよう」

と、警部のことばと同時に、バラバラと、前におどり出た数名の刑事たち、やにわにドシン、ドシン、大きなからだをドアにぶっつける。しかし古びているといっても、もともとガッチリとつくった古城のドアは、なかなかそんななまやさしいことでやぶれるものではない。

「おい、そこらに、なにか道具はないか」

「先生、これはどうでしょう」

と、前に進み出たのは、アポロのふんそうをした、御子柴進少年だ。手にしていたアポロのしゃく杖《じょう》（鉄の杖）を差し出すと、これはいいものがあったとばかり、三津木俊助、こいつをさか手に、ドアのすきまへねじこむと、

「きみたちも、手伝ってくれたまえ、このしゃく杖が折れるか、ドアのちょうつがいがはずれるかだ」

ただちに、俊助のそばにむらがり寄った刑事一同。ワン、ツウ、スリーのかけごえもろともしゃく杖を逆に、うんとひねれば、バリバリバリ！　ものすごいひびきとともに、パッと立ちあがる砂煙。さしもがんじょうなドアもガクンとばかりに大きな口をひらいたのだ。

「それひらいたぞ！」

と、そういううちにも、心がせく、俊助はまっ先に立って、部屋のなかへおどりこんだが、そのとたん、

「や！　や！　こ、これは……」

俊助をはじめとして、一同の者は、思わず部屋の入り口に棒立ちになってしまった。部屋のなかはもぬけのから。由利先生はむろんのこと、鉄仮面も妙子も文代も、まるでかき消すように、その場からすがたを消してしまっているのだ。ああ、なんというふ

しぎな手品。

由利先生の目から見ると、俊助たちのすがたが消えてしまったように見え、俊助たちの目から見ると、反対に由利先生の方が消えてしまったのだ。

ふしぎもふしぎの二重消失。いったい、これはどうしたというのだろう。

まるで狐《きつね》につままれたような気持ちとは、まったくこのことなのだ。

一同はしばらくぼうぜんとして目を見かわしていたが、

「いったい、これはどうしたというのだ。鉄仮面のやつが、三人の者をつれ去ったのだろうか」

警部がうめくような声をあげた。

「あの短時間に、ばかな！　われわれは針の落ちる音でも聞きのがすまいと、耳をすましていたじゃありませんか。それに由利先生が声ひとつたてないで、相手にやっつけられるなんて、そんなばかなことがあるもんですか」

「しかし、三津木くん、現にここにはだれもいないのだから、これはやっぱり警部のおっしゃることがただしいようだ。この部屋にはどこか抜け道があって、鉄仮面のやつ、そこから由利先生や、妙子さんや文代さんをつれさっていったにちがいないぜ」

「そうだ。それにちがいない。とにかくみんなでその抜け道というのをさがしてみよう」

そこで室内の大捜索がはじまった。等々力警部や鮫島編集長をはじめ、刑事たちはクモのようにはいつくばって、壁から床の上をたたいてまわった。しかし、どこにもそれらしい箇所を発見することはできないのだ。

「おい、だれかてんじょうを調べてみろ」

刑事のひとりが、ただちに椅子を積みかさねて、てんじょうを調べてみたが、そこにも異状はないらしい。

「はてな。こんなはずじゃなかったがな」

と、探しあぐねた等々力警部が、失望したようにつぶやきながら、身を起こしてみると、俊助はただひとり、アームチェアーの腕木に腰をおろしたまま、ゆうゆうと煙草をくゆらしている。警部もさすがにいささかムッとして、

「おいおい、三津木くん、のんきそうに、煙草をすっている場合じゃないぞ。きみもひとつ手をかして、抜け道をさがしてみたらどうだ」

「警部、ぼくがのんきそうに見えますか」

「見えるどころじゃない。われわれが汗とほこりまみれになってはいつくばっているのに、きみひとりゆうゆうと煙草をすっているなんて、けしからんじゃないか」

「なるほど、警部がそういうのもむりはありませんが、どっこいそれどころか、ぼくのあたまはいまいそがしく活躍しているんですぜ。警部、それから鮫島編集長も聞いてください。ぼくがいまなにを考えていたかを話しましょうか」

と、三津木俊助は、やおら、アームチェアーからからだを起こすと、靴の先で床をさしながら、

「ぼくはね、いま、この床にしいているじゅうたんの破れているのが、どうしてできたか考えていたところですよ」

さあ、俊助が変なことをいいだした。

見ればなるほど、俊助が靴の先でしめしたところには、じゅうたんが大きく破れている。しかもそれが非常にていねいに、かがってあるのだ。等々力警部と鮫島編集長は、思わず顔を見あわせながら、それでもいくぶんことばをやわらげ、

「三津木くん、このじゅうたんの破れがどうしたというのだ」

「ぼくのいいたいのは、さっきわれわれが出ていくときには、ここにこんな、破れた箇所なんかなかったということです」

「しかし、それがいったいどうしたというんだね」

「まだおわかりになりませんか、編集長。われわれがさっき出ていったときには、こんなところが破れていなかった。ところで編集長、この破れ目をこういう風にていねいにかがるのには、いったいどれくらい時間がかかると思いますか」

「三津木くん！」

と、ふいに編集長がサッと顔色をかえた。

「ふしぎでしょう。このあついじゅうたんの破れ目を、こういうふうにていねいにかがるには、すくなくとも一時間はかかりますよ。ところが、われわれが廊下に立っていた時間は、ほんの三分か五分です。そのあいだに、三人の人間をどこかへかくし、おまけ

にじゅうたんを破り、それをこんな風に、ていねいにかがる。そんなことができるでしょうか。不可能です。だんぜんできない相談です」

「しかし、しかし三津木くん、さっきこんなに破れてなかったというのはたしかかね」

「それはじゅうぶん、ぼくを信用してくだすってもけっこうです。それに……」

と、俊助は壁の上の刀かけをしめしながら、

「さっき、鉄仮面のやつが、その刀を取りあげて、由利先生におどりかかっていったのを、みなさんもご存知でしょう。そのとき、刀はあらかじめ、由利先生が仕掛けをしておいたので、先生のからだにふれると同時に、三つに折れて床にとんだのですが、その折れた刀が、ちゃんともともどおりにつながって、刀かけにおさまっているのは、これまた、いったいどうしたというのでしょう」

「…………」

さすがの等々力警部も、鮫島編集長も、思わずサッとおどろきの色を顔に浮かべた。なるほどこれはふしぎだ。じゅうたんの破れたことはともかくとして、刀が三つに折れて床にとんだことは、編集長も警部もよく知っている。それがいま、ちゃんともとのまま壁の刀かけにのっかっているのだから、一同が、思わず狐につままれたように、顔を見あわせたのもむりではない。

「三津木くん、三津木くん、いったいこれはどうしたというのだ」

「いやいや、ふしぎなのはそればかりじゃありません。このアームチェアーには、つい

さっきまで、妙子さんが寝かされていたのだから、とうぜんここには、人間のぬくもりがのこっていなければならぬはずでしょう。ところが、いまぼくが部屋にはいってくるなり、さわってみたところが、こいつ、百年も人がすわったことのないように、まるで氷みたいにひえきっているのです」

「おいおい三津木くん、そうじらさずにいってくれ。それでいったい、きみの考えはどうだというのだ」

「ぼくの考えですか。しごくかんたんですよ。いまわれわれの立っているこの部屋は、さっきわれわれが出ていった部屋と同じ部屋ではないのです」

「な、なんだって」

「そうです。なるほど壁の色、じゅうたんのもよう、椅子、テーブルの配置から、壁の上のかざりものまで、なにもかもがさっきの部屋とおなじに見えますが、事実はぜんぜんちがっていることを、いまもうしあげたしょうこのかずかずがしめしているのです。すなわち、この古城には、この部屋にまったくちがわぬ部屋がもうひとつあって、われわれが廊下へ出ているすきに、二つの部屋が、なんらかの方法でおきかえられてしまったのです」

　ああ、なんというすばらしい推理、なんという思いがけない考えだろう。さすが怪奇になれた等々力警部も、あまり奇抜な俊助のことばに、ただぼうぜんと立ちすくむばかり。

「しかし、三津木くん。われわれは一しゅんも、ドアから目をはなさなかったのだぜ。どういう方法でやったか知らんが、きみがいうようなことが起こったとしたら、すこしは、われわれの注意をひきそうなものじゃないか」

「ところが編集長、このドアをごらんなさい。このドアは二重になっているんですよ。つまり外がわのは廊下そのものについており、部屋のドアは、そのうちがわについています。だからわれわれが外からながめっこをしていたのは廊下のドアなんで、だから、内がわの部屋のドアにどういう変化が起こりつつあったかまるで見ることはできなかったのです」

俊助のことばもまだおわらないうちに、ふいに御子柴進が部屋の片すみからとんきょうな声をあげた。

「あ、こんなところにおとし穴があるぞ」

その声にハッとしてふりかえった三津木俊助、見ると大きなソファーをおしのけた進が、床の一部をおすやいなや、そこにとつぜん、バックリと大きな穴があいたのだ。

「あ！」と、そばへ走り寄って、いっせいにそのおとし穴のなかをのぞきこんだ一同は、とつぜん、

「や、や、こりゃどうだ！」

と、ばかり、棒立ちになってしまったのだ。

さすがにものなれたかれらを、このようにおどろかせたというのは、いったい、どん

なものであったろうか。ああ、それこそはいままで人間の見たなかで、もっとも怪奇きわまる光景だったのだ。

いまかれらが立っている床下から、十数メートルにあまるふかい縦穴がほられてあって、しかもその縦穴の底には、奇妙な、てんじょうのない部屋が見えるではないか。

しかも、ああ、なんということだ。その部屋はいまかれらがいる部屋と、まったくおなじかっこうをしているのだ。同じじゅうたん、同じ壁紙、そして同じ椅子にテーブルだ。そしてその部屋こそ、さっきかれらが出ていった、あの鉄仮面の部屋であることは、アームチェアーのなかにぐったりとたおれている妙子のすがたからでもわかるのである。

いやいや、妙子ばかりではない、文代もいる、鉄仮面もいる。そして由利先生も。ああ、さっきいった三津木俊助のことばは、やっぱりまちがってはいなかったのだ。この古城にはまったく同じかっこうをした、ふたつの部屋があったのだ。そして――ああ、わかった、わかった。ふたつの部屋は、エレベーターのように連結されていて、ひとつの部屋が床下ふかくおりていくと、もうひとつの部屋が、ちゃんとそのあとへ、かわりにやってきていたのだ。なんというおそろしい仕掛け。悪魔のからくりとはまったくこのことであろう。これで、由利先生がドアをひらいたとき、そこにだれもいなかったわけもわかる。由利先生がのぞいた廊下というのは、これまた俊助たちの立っていた廊下とまったく同じかっこうをしていたが、じつは、それは地底ふかくこしらえた、まったく、別の廊下だったのだ。

由利先生はじぶんでも気がつかぬうちに、エレベーター仕掛けの部屋にとじこめられたまま、地底ふかくはこびさられていったのである。

それはさておいて、いま、上の部屋からのぞいている俊助たちの目の下には、世にもおそろしい光景がくりひろげられている。豆つぶほどに見える鉄仮面が、やにわに青銅の置き物を手にとりあげると、これまた豆つぶほどの由利先生におどりかかっていった。と、ふたつのからだが、くみあったまま、まりのように床の上にころげる。危ない、危ない、由利先生のほうがどうやら不利なのだ。

「先生！　由利先生！」

と、俊助たちはやっきとなって叫んだが、どうすることもできない。ふたつの部屋のあいだには十数メートルという空間が横たわっているのだ。とびおりることはなんでもない。しかし、とびおりたが最後、生命はないであろう。

あっ、いったん立ちあがった由利先生がふたたび床の上にたおれた。その上から鉄仮面がイナゴのようにおどりかかっていく。息づまるような生と死との戦いだ。おそろしいのぞきからくりだ。

「ああ、このままにしておいたら、由利先生はやられてしまう。だれか由利先生を助ける者はないのか」

「三津木先生、ぼくがやります」

と、そくざに答えたのは御子柴進だった。

「えっ、きみがやる。どうしてきみにそんなことができるのだ」

「なんでもありません。三津木先生、この床下をのぞいてごらんなさい。太い鉄のくさりが輪になってダラリと下のほうへたれているではありませんか。あのくさりをつたわっておりていけば、下の部屋のすぐ上までおりられます。ぼくはそいつをおりていって、鉄仮面のやつをやっつけてやります」

進はまゆをあげて決然といい放つのだ。なるほど、のぞき穴から首を突っこんで床のうらがわを見ると、進のいうように、太い鉄のくさりが輪になって、ダラリと下へたれさがっている。デパートでエレベーターを見たことのある人なら知っているだろう。重い箱を上下させるためについているあの鉄のベルトだ。進は、いまそれをつたわって、この十数メートルの空間をおりていこうというのだ。

「進くん、そんなことができるかい」

「できます。とにかく警部さん、ぼくにピストルをかしてください」

「よし、進くん、それじゃきみにまかせる。よろしくやってくれたまえ。由利先生の生命は、きみがにぎっているようなものだからな」

「わかっています。なに、負けるものか」

進は等々力警部の手からピストルを受け取って、そいつをポケットにねじこんだかと思うと、おとし穴のふちに手をかけ、クルリと、尻《しり》あがりの逆のようりょうなのだ。床にブラさがったかとみると、二本の足でくさりをそばにかきよせる。

しめた、くさりのはしに足がかかった。と、思うとクルリ、またもや身をそらせて、うまくくさりが手にかかった。こうなるとあとはもうしめたもの。スルスルスル！　まるで猿のようなすばやさなのだ。進はまっくらな縦穴を下へ下へとおりていく。

このとき、下の部屋では、いましも由利先生と、鉄仮面のあいだに、必死の格闘がつづけられているのだ。由利先生が猛然として起きあがろうとする。足をあげて、ドンとそれをけった鉄仮面、ふたたび手に取りあげたのは、青銅の置き物。こいつをうんと頭上たかくさしあげたから、あっとばかりに手に汗にぎったのは、上の部屋から見ているれんちゅうである。

危ない！　危ない！　この青銅をまともにくらったら、どんながんじょうな頭でも、まっぷたつに割れてしまうだろう。

「あっ！」

と、俊助が思わず目をおおったときである。

ダン！　ダン！　まっくらな縦穴のとちゅうで、ふいに、あおじろい火花がパッと散った。クモのように鉄ぐさりに吸いついた進が、やにわにピストルを発射したのである。じつに危ないところだった。進のはなった弾丸は、みごと、鉄仮面の片腕にめいちゅうしたからたまらない。鉄仮面はヨロヨロとよろめいたかと思うと、頭上たかくさし上げた青銅の置き物を、ドシンと床に取り落とした。

「しめた！」

と、こおどりしたのは三津木俊助。やにわに、おとし穴のはしに、手をかけたから、おどろいたのは等々力警部に、鮫島編集長。

「三津木くん、き、きみはいったいどうするのだ」

「どうもしやしません。ぼくもこのくさりをつたわっておりていくんです」

「あぶない。よしたまえ」

「だいじょうぶ、進くんもぼくもおなじ人間だ。かれにできて、ぼくにできないという法はありませんよ」

と、いいおわるやいなや、さっき進がやったと同じ方法でうまく鉄のくさりにすがりつくと、これまた、スルスルと闇の縦穴へとおりていく。

人生というものは、意気ごみしだいだ。やる気になって努力すれば、じぶんでも信じられないほどの大事業をなしとげることができるものである。

俊助のそっせんしたふるまいを見て、等々力警部も、どうして、だまって見ていることができよう。

「ようし、三津木くん、おれもいくぞ」

「警部、きみもいくか。よし、それじゃ、おれもいこう」

というわけで、鮫島編集長まで、そのあとにつづいたから、ほかの刑事もだまっているわけにはいかない。われもわれもとそのあとにつづいた。さしも太い鉄のくさりも、たちまち人間の鈴なりとなってしまった。

さて、こちらは鉄仮面の東座蓉堂。ふいの襲撃に身の危険をかんじたのか、由利先生のほうはそのまま、いきなり気をうしなっている妙子のからだを抱き起こすと、それを人質に、タ、タ、タタとドアから廊下へとびだした。そして、そのまま逃げだすのかと思うと、意外にも、ふたたび引き返してきて、こんどは文代である。文代のからだを抱きあげると、ふたたびそれを人質にとり、たくみに進のねらいをよけながら、タ、タ、タ！　またもや廊下へおどり出して、バタンとドアをしめると、そのままがたをくらましてしまった。

「ちくしょう！」

いまや、くさりの一番下のはしまでおりていた進は、まだその下には三メートル以上の空間があるが、思いきってパッと飛んだ。

「先生、先生！　由利先生！」

はずみをくらって、まりのように二、三度、コロコロところげるのを、やっと起きなおった進はいきなり由利先生のそばへ寄ると、いそいでそのからだを抱き起こす。

「あ、進くん、ありがとう。それじゃいまのピストルはきみだったのだね。ありがとう、ありがとう、きみはおれにとっては文字どおり生命の恩人だ」

「先生、そんなことはどうでもいいんです。それより先生、どこもおけがはありませんか」

「ありがとう、いや、ちくしょう、あいつめ、こっぴどく脾腹《ひばら》をけりやがった。あ、痛、タッ」

顔をしかめて立ち上がる由利先生。進はかいがいしく、そのほこりをはらってやりながら、

「先生、だいじょうぶですか」

「なあにだいじょうぶ、これしきのことに――それより、進くん、三津木俊助や等々力警部はどこへいった」

「だいじょうぶです。三津木先生も、等々力警部も、すぐここへやってくるでしょう」

その進のことばもおわらぬうちに、ふいにかれらの頭上から、

「先生、われわれはここにいますよ。いますぐそこへまいります」

と、聞きおぼえのある俊助の声に、おどろいて上をふりあおいだ由利先生。

「や、や、これは」

と、きもをつぶしたのもむりではない。なにしろハエ取りリボンにすいついたハエのように、太いくさりにいっぱい人がむらがっているのだ。

「ははははは、とんだ曲芸です。ほらとびますよ」

と、声もろとも、三津木俊助、つづいて等々力警部に鮫島編集長、さらに刑事たちがつぎつぎにとびおりてきたから、さすがの由利先生もすっかり面くらってしまった。

「こりゃ、どうしたというのだ。この部屋にはてんじょうがなかったのか」

と、ぼうぜんとしてつぶやく由利先生に、みなまでいわせず三津木俊助、

「先生、その話はいずれのちほどいたします。それよりいまは鉄仮面のゆくえです。あ

いつめ、文代さんや妙子さんをいっしょにつれていってしまいましたよ」

「ちくしょう、それ、まだ遠くはゆくまい。しょくん、いっしょにきてくれたまえ」

ハッとわれにかえった由利先生、いきなりパッと、ドアをけやぶると、廊下のそとへおどり出した。俊助をはじめ一同がそのあとにつづいたことはいうまでもない。

クネクネとまがりくねった長い廊下。——しかし鉄仮面のゆくえを見うしなうような心配はなかったのだ。なぜなら、うず高く積んだ廊下のほこりに、はっきりと人をひきずっていったあとがふたすじついているからである。

「こっちだ、こっちだ。ちくしょう、あいつ妙子さんと文代さんとを、両手でひきずっていきやがったのだ」

その、ふたすじのみちをついていくと、これはどうしたことだ。とつじょ、廊下のはしがポツンとたち切れて、そこに大きな穴があいているではないか。

「あ」と、叫んだ進が、まっ先に穴のはしにかけよって外をのぞいてみると、すぐ廊下の下にはひたひたと、あおぐろい波が打ちよせている。わかった、わかった。この廊下は岩屋をくり抜いてこしらえたもので、それはそのまま、断崖のすそに大きな口をひらいているのだった。

その口の外がわには、大小さまざまな奇岩が、さながら怪獣のようにそそり立っている。そしてその岩のまわりに、波が白いうずを巻いてたわむれているのが、おりからの月明かりに、ぼんやりと見えるのだ。

「や、や、先生、あれは！」

と、そのとき、ふいに俊助が叫んで、由利先生の肩をつかんだ。その声に、一同が、ふと海面に目をやると、そこに奇妙な船が一艘《そう》浮かんでいるのが見えた。船の上には、円筒型の筒が立っていて、そのそばに、例の鉄仮面がごうぜんと突っ立っている。

「おい、由利麟太郎、まずきょうの勝負は引きわけというところだな。はははは、いや、文代と妙子は、このままおれがつれていくから、やっぱりおれの勝ちというところか」

あたりかまわぬ高笑い。それから手を振ってみせると、円筒のふたをひらいて、スッポリとそのなかへもぐりこむ。と、たちまち、船はブクブクと海底ふかくすがたを消してしまった。

ああ、豆潜航艇！　悪魔は豆潜航艇によってすがたを消してしまったのである。

こちらはせま苦しい豆潜航艇の一室。その一室で、鉄仮面の東座蓉堂は、ホッとばかりにひたいの汗をぬぐった。いかに由利先生が名探偵であっても、よもや海底の潜航艇のなかまで追いかけてくる心配はないからだ。

しかもいま、かれの目の前には、妙子と文代が気をうしなって、グッタリと床の上にたおれているのだ。鉄仮面はしばらく、文代のすがたを見まもっていたが、やがてソワソワと両手をこすり合わせると、

「ふふふふ、さっきはずいぶんおどろかされたわい。てっきり、ニシキ蛇にしめ殺されたと思った文代のやつが、あのベッドの上にスヤスヤとねむっていやがったのだからな。はははは、由利麟太郎のやつも味なことをやりやがる。いつのまにやら、文代のやつをたすけ出し、かわりに人形を蛇に抱かせておきやがったのだな。それに気がつかなかったとは、おい鉄仮面、きさまもよほどどうかしてるぜ」

と、蓉堂は口のなかでブツブツとつぶやきながら、ソロリソロリと文代のほうへ近づいていった。まるで蛇が蛙をねらうようなかっこうだ。

やがて、かれはパッと文代のからだにおどりかかると、相手が気をうしなっているのをこれさいわいに、ソロソロとその洋服をぬがせはじめる。うすい洋服はたちまち蓉堂の手によってはぎとられた。そしてその下からあらわれたのは、玉のような白い肌。それを見ると蓉堂は息をはずませ、くいいるようにその背なかを調べはじめたが、ふいに、

「ふうむ!」

と、満足げなうめき声をもらしたのである。

ああ、見よ! 玉のように白い文代の肌に、ありありとほられているのは、奇怪な地図のいれずみではないか。

きみたちはここで、つぎのようなことを思いだすであろう。いつか、おそろしい金庫部屋へとじこめられた牧野慎蔵が恐怖のあまり、大金鉱のありかをしめす地図が、文代のからだにいれずみされてあることをはくじょうしたのを。鉄仮面が、いま調べている

のは、その地図なのだ。ああ、なんという奇怪さ。なんというおそろしさ。ところもあろうに人間の肌に、地図をほっておこうとは。世にもおそろしい人肌地図！

蓉堂はしばらく、くい入るようにこの人肌地図をながめていたが、ふいにおやとまゆをしかめた。地図はかんじんのところでポッンと切れているのだ。

「はてな」と、首をかしげながら、もう一度いれずみの線をたどっていったが、何度調べても同じこと。つまり地図はこれ一枚ではなんの役にも立たないのだ。ここにもう一枚、あるいは二枚の地図があって、それを文代の人肌地図にくらべてみないことには、かんじんかなめの、大金鉱のありかはわからないのである。

「ちくしょうッ、牧野のやつ、おれをだましやがったな」

と、じだんだをふんでくやしがっても追いつかない。鉄仮面がいかりくるって、ものすごい顔をして突っ立ったときである。

「大将、お呼びになりましたかい？」

と、ドアをあけてはいってきたのは、防水服にスッポリと身を包み、黒いサングラスをかけた男である。どうやらこの豆潜航艇の操縦者らしい。鉄仮面はドキリとしたように、

「倉沢《くらさわ》か、だれもきさまなんか、呼びゃしねえ。むこうへいってろ」

ぶあいそうにいわれたが、倉沢という男は身うごきもしない。ニヤニヤとうすら笑いを浮かべながら、その場に突っ立っているのだ。

「おい、倉沢、きさま、おれのいうことが聞こえねえのか。あっちへいってろといえばいってろ」

「へへへへ、おい、東座蓉堂。それが、いつかおれがおしえてやった人肌地図だな」

「なんだと！」

「おい、蓉堂、いやさ、鉄仮面。きさまにゃこのおれがだれだかわからないのか」

「な、なにを！」

「ヘン、鉄仮面、いつかはとんだ目にあわせやがったな」

と、いいながら眼鏡をとったその顔を見て、

「あ、牧野慎蔵」

と、さすがの鉄仮面も思わず髪がさかだつほどの恐怖に打たれた。

「そうよ、その牧野慎蔵さ。いつかは、あの金庫部屋で、あやうく生命をとられるところだったが、このあいだからそのしかえしの機会を待ちうけていたのだ。おい、蓉堂！」

いったい善人なのか、悪人なのか？　思いがけないところですがたを見せた牧野慎蔵は、キッとピストルを身がまえると、フカのようにするどい顔で、

「覚悟はいいか」と、叫んだ。

片足の怪老人

何が意外といって、これほど意外なできごとがまたとあるだろうか。

いつか鉄仮面のために、金庫部屋のなかで危うく殺されそこなった牧野慎蔵——あの帰国したばかりの牧野慎蔵が、ところもあろうに、この海底の豆潜航艇に、とつじょ、すがたを現したのだから、さすがの鉄仮面もギョッとして、思わずまっさおになってしまったのもむりはない。

「おい、鉄仮面！」

まったく息づまるような一しゅんだった。殺そうと思えば、牧野慎蔵にはいつでも殺せるのだ。人のひとりやふたり殺したところで、この大海の底のこと、だれに知られる心配もない。それだけになおさら鉄仮面の東座蓉堂、いよいよまっさおになっていくのだ。

一しゅん！　二しゅん！　蓉堂の顔はしだいに、はげしい苦悩と恐怖にゆがんでいく。ひたいには玉のような汗がビッショリ。

牧野慎蔵は、それを見るとせせら笑うように、ヒクヒクとピストルをもてあそんでいたが、

「どうだ、蓉堂、すこしはこわいかね」

「こわい！」

と、蓉堂ははき捨てるようにいう。

「ははははは、こわいか。なるほどこわいらしい。きさまのようなやつでも、こわいと

いうことを知っているから感心だて。それにしても、おい、蓉堂、いつかはひどい目にあわせやがったな」

鉄仮面のこわがっているのが、牧野にはおもしろくてたまらないのだ。かたわらの椅子にどっかと馬乗りになると、わざとピストルをブラブラうごかしながら、

「見ろ、おれのこの髪を。あのときのおそろしさで、いっぺんにこのとおり、まっ白になってしまいやがった。なんといったっけな、そうそう、三津木俊助だ。あの男がやってきてくれなきゃ、おれはまるでセンベイみたいに、ペッシャンコになってしまうところだったんだぜ。なあ、鉄仮面、わかってるかい」

「わかってる」

「それもだれのためだ。みんなおまえのためだぜ。わかってるだろうな」

「わかってる」

と、つぶやきながら、蓉堂は思わず頬の汗を、手の甲でぬぐった。

「よし、それがわかってるなら、おれがなんのために、この潜航艇のなかへしのびこんでいたかもわかってくれるだろうなあ。おれは、これでも、きさまのかくれ家をさがすには、ずいぶん骨をおったものよ。おい、東座、おれはな、一度うけたうらみは決して忘れねえ男よ」

「そうだ」

と、鉄仮面はうめくように、

「おれもそれをよく知っている。知っていればこそ、きさまがこんなにこわいのよ」

「はははは！」

と、牧野慎蔵はとつぜん、腹をかかえて高笑いすると、

「よくいった。さすがは鉄仮面だ。かねて覚悟はしていたとみえるな。だがなあ、鉄仮面、おれは、きさまみたいに残酷な男じゃねえ。それに血を見るのは大きらいだ。人を苦しめながら殺すようなことはしねえから、まあ安心しろ」

牧野慎蔵は立って、文代のそばへ近づくと、いたいたしいあの背のいれずみをのぞきこみながら、

「おれの欲しいなあ、この地図よ。この地図さえあれば、きさまなんかに用はねえのさ」

「牧野、きさま、その地図をどうするのだ」

「どうするって、知れたことよ。あの大金鉱をひとりじめにするまでさ。なあ、東座蓉堂、きさまもかわいそうな男だが、おれもそうとうかわいそうだぜ。わるいやつは、唐沢雷太に香椎弁造のふたりだ。あいつらふたりで大金鉱をよこどりしやがって、おれにはほんの涙ほどのわけまえしかくれやがらなかった。きさまが唐沢のやつを殺して、この地図を手に入れてくれたのは、おれにとっちゃもっけのさいわいだ。礼をいうぜ。おれはいまこそ、この大金鉱の王さまになるんだ。金山王だ、はははは！」

牧野慎蔵はまるで、酔ったように、うちょうてんになって口からあわをとばしている。ああ、かれもやはりただの欲ばり男にすぎなかったのだ。あわれな文代や妙子にとって

は、またおそろしい敵がひとりふえたのだ。

「おい、牧野」

と、鉄仮面がふいに、目をギロリとひからせながら叫んだ。

「なんだい、なにか用か」

「きさまがそういう気なら、ひとつ仲よくしようじゃないか」

「仲よく？」

「ふたりでいっしょに、あの金鉱をさがしにいくのだ。そしてもうけは山わけにするのよ」

「いやだ」

と、牧野はそくざに、

「なんのためにきさまの力をかりるひつようがあるのだ。きさまはおれにやぶれたのだぞ。そのおまえになんのために力をかりるのだ。おい、鉄仮面、きさまにゃ用はねえ。とっととここから出ていってもらおう」

「ええ、出ていけ？」

「そうだ。いま、潜航艇を水面にだしてやるから、きさまどこへでも勝手なところへ行ってもらいたい」

「そ、そんなむりな」

「何がむりだ。おれはいま、たった一発で、きさまを撃ち殺すことだってできるんだぜ。

だがなあ、さっきもいったとおり、おれは、血を見るのが大きらいだ。おなさけに、きさまをここからはなしてやろうというのさ」

と、いったかと思うと、牧野慎蔵は壁の上にあるボタンをおして、ジリジリとベルを鳴らす。と、潜航艇は水をきってにわかに上昇しはじめた。ああ、いつのまにやら、牧野は、この豆潜航艇の乗組員をすっかり買収してしまったのだ。

やがて潜航艇はポッカリと水面に浮きあがった。

「さあ、潜航艇をとめてやるから、ここからどこへでもいってもらいたい。待て、待て。そこに気をうしなっているのは、妙子という女だな。その女には用はねえ。おれのひつようなのは、いれずみのあるこの文代だけだ。おい、鉄仮面、妙子をつれて、どこへでも行きやがれ」

ああ、潜航艇の外は、ただまっ暗な、黒ぐろとした大海原。海面は荒れているのだろう、黒い波が底ぎみのわるいうねりをつくって、はるか数マイルのかなたに見える城ケ島の燈台も、霧のためにぼんやりと見える。鉄仮面が、いかに鬼神のような魔力があっても、はたしてこの海原を、のりきることができるだろうか。

「行け！」

と、牧野慎蔵の声がするどく夜のあらしをつんざいた。

「牧野慎蔵――あの地図は」

と、いいかけたが、そのことばのおわらぬうち、牧野がいやというほど突いたからた

まらない。ドボーン！　もんどり打って鉄仮面が落ちていったあとから、

「ほら、妙子だ。この女もいっしょに地獄までつれていってやれ」

「ああッ！」

と、冷たい潮風に、しゅんかん息をふきかえした妙子が、必死になって、ていこうするのを、なさけようしゃもなく、足をすくって海中へ。

「あっ！」

暗い海の上に、ブクブクと白いあわが浮いて、波紋がしだいに大きくなっていくころ、豆潜航艇はふたたび海中にすがたを消してしまった。

おりから、ドッと白い波頭が、海蛇《うみへび》のようなうねりを見せておし寄せてくる。

ブクブクブク。――。いったん海中ふかく沈んだ鉄仮面、しばらくして、ポッカリと水面に浮かんだかと思うと、そこはさすがになれたもの、むやみにさわぎまわろうとはしない。気をしずめて、しばらくあたりを泳ぎまわっているうちに、ふと手にさわったのは、天の助けか板片一枚。

「しめた！」

これさえあれば、岸におよぎつくのもさして不可能なことではない。

「ばかめ、牧野のやつ、このうらみは、いつか、かならずはらしてやるぞ」

と、つぶやきながら、しずかに、水をかいているおりから、とつぜん、だれやら、その足にすがりついたかと思うと、ググググ、魚がえさを引くように、鉄仮面のからだ

は水中ふかくひきずりこまれた。

「あ！」

と、口から、鼻から、潮水をいっぱいのみこんだ鉄仮面、ふたたび水面に浮かびあがると、

「おまえは妙子だな」

「助けて、助けて」

と、妙子はいま、じぶんがむちゅうになってすがりついている相手がだれであるやら、それさえ見わけることはできないのだ。

「よし、助けてやる。助けてやるかわりに、おとなしくしてろよ。さわぎ立てるとかえって水をのむぞ」

こんな人間にも、やっぱり人のなさけというものがあるのだろうか。それとも別にかんがえるところがあったのか、ぐったりとした妙子のからだを小わきにかかえた鉄仮面、たよりにするのは板片一枚なのだ。あとは運を天にまかせるよりほかにしかたがない。

さいわい、潮はおそろしいいきおいでグングンと外海から岸のほうへ流れている。ほかにじゃまさえなければ、この潮にのって、岸にながれつくのも、たいして困難とは思えない。

「妙子、しっかりしてろ、だいじょうぶだ」

「…………」

い。妙子はふたたび気をうしなったのか、ぐったりと板片につかまったままへんじもしな

クルリ、クルリ！　燈台の灯が霧のなかにひかったり消えたりして、嵐《あらし》の前ぶれを思わせるように、潮のうねりがしだいに高くなっていった。

と、このときであった。鉄仮面は、ふいにギョッとしたように水のなかで、身をちぢめた。

チクリ？　右の足首に、さすような痛さなのだ。と思うと、何やらものすごい力で、グイグイと水中ふかく引きずりこまれる。

「あ」と、叫ぶにも叫べない海の底。その鉄仮面のまわりを、ものすごく巨大な魚がサッとすさまじいうずをえがきながらまわっている。

「フカだ！」と、気がついたときには、すでにおそかった。大きなフカは、クルリと身をひるがえすと、大きな口をひらいて、まっしぐらに、おそいかかってくる。むちゅうになって、その腹の下をくぐり抜けた鉄仮面。水中に身をもがきながら、ズラリとふところから引き抜いたのは一本の短刀だ。

「来るなら、こい！」

こうなると、もう半分やけっぱちだ。戦えるだけ戦わなければならない。

フカはさいしょの攻撃に失敗したと見ると、ゆうゆうと獲物の周囲をまわっていたが、ふたたびクルリと、身をあおむけにすると、矢のようにおどりかかってくる。おそろし

い死闘、海底の大活劇なのだ。

「あっ！」と、ものすごい痛みを、右の足首にかんじたのと、鉄仮面がグサリとするどい短刀をフカの腹に突き立てたのと、ほとんど同時だった。

サアッ！　と、どすぐろい血が海の底をそめて、ピシリ！　尾が——フカの尾の強い一撃が、鉄仮面の右腕をしびらせる。

「何くそッ」

なにがなにやら、もういっさいむちゅうだった。突き立てた短刀を、サッとたてに引くと、そのとたん、鉄仮面のからだはポカリと水面に浮きあがった。勝ったのだ！　陸の悪魔は、海の魔王にうちかったのだ。

鉄仮面は一しゅんフーッと気が遠くなっていった。

それから、およそ、どのくらいたったろうか。はげしい痛みに、鉄仮面がふと、息をふき返したとき、だれやらガヤガヤと耳もとでどなる声が聞こえる。

「おい、ちょっと見な。この人はフカにやられたのだぜ。ほら右のひざから下が食いきられているぜ」

「ふうむ、それにしてもよくたすかったもんだな。おおかた、こっちの娘さんとつれだろう」

鉄仮面は、うっすらと目をひらいて見た。すると、じぶんの身はいま、小さな漁船の上に寝かされているのだ。

（たすかったのだ！）と、そう気がついたとたん、またしても右の足に熱い鉄でもあてられたようなひどい痛さ。

「あ！」フカに足を食いきられたのだ。

「ううむ！」と、思わず知らず、鉄仮面がふかい苦痛のうめき声をもらしたときである。

ふたたび耳もとで漁師が大きな声をあげた。

「あれ、ちょっと見な。この娘さんの背には、なにやらみょうなものがあるぜ」

「みょうなものってなんだい、父っつあん」

「いれずみだね。だがおかしいぞ。こりゃ地図みたいじゃないか」

その声に、鉄仮面がギョッとして、半身を起こしたときである。じぶんのすぐそばに寝かされている妙子の――水にぬれて半裸体になっている背なかには、ああ、なんということだ！　文代の背なかにあったと同じような、地図のいれずみがあったではないか。

奇怪なるできごと。妙子と文代のからだに、それぞれ似たようないれずみがあるというのは、いったいどういうわけであろうか。

さらにまた、牧野慎蔵につれ去られた文代の運命は――？　それから、フカに片足を食いきられた鉄仮面はどうなったか。それらはしばらくおあずけにしておいて、話をまた変えることにしよう。

あの事件からひと月ほどのちのことである。神田須田町《かんだすだちょう》の近くにある難波《なんば》外科医院。

いかにもみすぼらしい病院だったが、腕は案外たしかだというその病院へ、ある日ひょっこりたずねてきた老人があった。

「どこかおわるいですか」

「はあ、じつは足をけがしましてな。それで義足をこさえていただきたいと思いますので」

老人は鉄縁の眼鏡の奥で、目をショボショボさせながらいうのだ。

「ははあ、義足ですか。そりゃおやすいご用ですが、どれ、ひとつ、その足というのを拝見しましょうか」

と、難波院長が椅子をすすめると、老人はズボンの片方をまくりあげて、ひざのあたりからむざんに切断された右足を出して見せた。

「ほほう。これは」

ようやく傷口がなおったばかりらしい、そのものすごい切り口を見ると、さすが、ものなれた医者も思わず顔をしかめると、

「どうなすったのですか、この傷は」

「なあに、自動車にひかれましてな、ばかな話ですわい」

老人は事もなげにいいはなったが、さすがは職業がらである。難波医師はすぐに、この傷口が交通事故によるものではなくて、なにかしら、猛獣の歯のようなもので、かみ切られたのであろうことに気がついた。しかし、相手がかくしておくことを、そうふか

くほじくるひつようもないと思ったので、

「承知しました。それで義足はゴムにしますか。それとも木にしますか」

「そうですな。どちらでも、ぐあいのいいのにしてもらいたいですな。値段は、いくらかかってもかまいませんから」

「そうですか。ではゴムのにしましょう。すこし高くつきますが、そのかわり、よほどぐあいがいいですから」

「どうでしょう。義足をはめると、自由に歩くことができましょうかな」

「そうですね、すぐにというわけにはまいりませんが、練習をなされば、かなり自由にうごけますよ。では一つ、寸法をとらせていただきましょうか」

老人は足の寸法をとらせると、義足のできあがる日を聞いてたち去った。

「いや、いや、その日にはまちがいなくやってきますから、そのかわり、ちゃんと足に合うようにこしらえといてくださいよ。足がわるいと、二度も三度もやってくるのはめんどうでしてな」

と、老人はそういうと、じぶんの住所も教えずにたち去ったが、はたして、約束の日には、また不自由な足を引きずって難波医院へやってきた。

「どうでしょう。できていますかな」

「ああ、ちょうどいいぐあいです。ゆうべできてきたところでしてね。たぶんうまくあうだろうと思うのです――どれどれ」

難波医師が、かたわらの戸棚から、取り出したゴム細工の片足を見ると、老人は、いかにもめずらしそうに、

「なるほど、うまくできたものですな。見たところ、すこしも本物の足と変わりはない。どれ、それではひとつ、はめてもらいますかな」

「では、どうぞ、その手術台の上に横になってください」

難波医師は手術台の上に横になった老人の片足をまくりあげたが、そのときふとみょうなことに気がついた。ひざから下を切断されたその片足の肉づきというのが、とても老人とは思えないほどつやつやとして、まるまるとしているのである。

「おや」

「どうかしましたか」

「いえ、なんでもありません。どうです、痛みますか」

「ああ、すこし」

「なに、すぐなれますよ、ひとつ歩いてごらんなさい」

老人はステッキにすがりながら、二、三メートル、コトコトと部屋のなかを歩きまわったが、

「ああ、こいつはとてもぐあいがよさそうですわい。ありがとう、ありがとう。おや、先生どうかしましたか」

「い、いいえ、な、なんでもありません」

「でも、お顔の色がまっさおですよ。じゃ、とにかくお金をおいていきますよ」

老人はお金をはらうと、逃げるように、外へとび出していったが、そのあとを見送っていた難波医師、何を思ったのか、これまた帽子をつかむと、いきなりそのあとから外へとび出していったのである。

この難波医師という人は、もとから非常にものずきな男であった。そして探偵小説や犯罪事件などがとくにすきだった。その難波医師がふと思い出したのは、一か月ほどまえ世間をさわがした、とある新聞の記事。そこにはこんなことが書いてあったのだ。

『けさ神奈川県警察本部よりおどろくべき報告がとどいた。けさ、夜釣りに出ていた三浦《うらみ》三崎《さき》の漁師二名は、沖合でいまにも溺死しかかっているひとりの男と少女とをすくいあげたが、奇怪にもその男は、命の恩人である二名の漁師を海中に投げこみ、どこへともなく立ち去った。だが、その後の調べで、その男とは人相やかっこうから見て、どうやらちかごろ世間をさわがせている兇悪な犯罪者の鉄仮面らしく、しかもかれは、フカにやられたとみえて、右足を切断されていたそうである――』

難波医師はふとこの事を思い出したのだ。

(そうだ。鉄仮面なのだ。あの傷口といい、あやしい変装といい、――)

難波医師はそう気がつくと、ゾッとするほどのおそろしさに打たれた。思わず相手があやしむまでに、顔色をかえてしまったのである。

もしこれがふつうの人だったら、さっそくこのことを警察へ急報するところだが、生まれつき探偵ずきの難波医師は、そう気がつくと、だれにも知らせず、じぶんで相手の正体をつきとめたくてしようがなくなったのだ。だからこそ、怪老人が出ていくと、じぶんもすぐそのあとからとび出していったのである。

さて、こちらはあの奇怪な片足の怪老人だ。うしろから難波医師がつけてくるのを知ってか知らずか、いまはめてもらったばかりの義足で、ピョイピョイと飛ぶように大通りを横切ると、おりから通りかかったタクシーを呼びとめてとびのった。難波医師は、むろん別なタクシーで、そのあとをつけていったことはいうまでもない。

タクシーは神田から日本橋へ出、それから隅田川をわたると、やがてやってきたのは本所《ほんじょ》の、見るからに暗い感じのあけぼのアパート、その前でピタリととまった。

怪老人はそこでタクシーをおりると、スタスタと、アパートの階段をのぼっていったが、そのときかれは、ジロリとうしろをふりかえると、つけてきた難波医師のタクシーが、一〇〇メートルほどむこうでとまるのを見て、ニタリときみのわるい微笑をもらしたのである。

ああ、この怪老人は、とっくのむかしから、難波医師が尾行していることを知っていたのだ。知っていながら、医者をここまで引っぱってきたのである。危ない、危ない。難波医師にとってなにかおそろしいわながが待ちうけているのではなかろうか。

そうとは気づかぬ難波医師は、老人のすがたが見えなくなるのを待ちかねて、つかつかとアパートのなかへはいってくると、

「ちょっとおたずねします。このアパートにたしか、足の不自由な、ご老人が住んでいられるはずですが、どの部屋でしょうか」

と、管理人に聞くと、

「ああ、篠原《しのはら》さんですな。篠原さんなら三階の十三号室ですよ」

「いや、どうもありがとう」

と、ニヤニヤと笑いながら難波医師、あぶなっかしい階段をのぼっていくと、十三号室というのはすぐわかった。

ドアの外に立ってじっとききⅡ耳を立ててみたが、部屋のなかはシンとしずまりかえっている。

（ハテナ、いま帰ったはずだが、どうしたのだろう）

首をひねっているおりから、ふいに、部屋のなかから苦しげなうめき声がもれてくる。女の声だ。息もたえだえの女のうなり声なのだ。はっとした難波医師、なにげなくドアをおしてみると、意外にも、ドアはパッとあいた。

だれもいない。部屋のなかはもぬけのからである。おやと医師が目をパチクリさせたとき、またもやはげしい女のうめき声。——その声にふと床の上を見た難波医師は、思わず飛びあがらんばかりにおどろいた。

足もとにおいてある一番の大トランク、それがなんと、まるで生き物でもあるかのようにユラユラとゆれているのだ。しかも、あの息もたえだえなる女のうめき声は、たしかにこのトランクのなかからもれてくるのである。

「わっ！」

と、叫んだ難波医師、ころげるようにして階段をかけおりると、イナゴのように管理室へととびこんだ。

さて、アパートからの電話によって、ときをうつさず警視庁から、係官がかけつけてきたことはいうまでもない。ぐうぜんというか、天のたすけといおうか。アパートから電話がかかったときには、ちょうど、警視庁に、由利先生と三津木俊助がいあわせたので、係官たちのなかにはこのふたりのすがたもまじっていたのだ。警官たちは難波医師から、ひととおりの話を聞くと、すぐに三階の十三号室へはいっていった。

「あっ！」

と、かれらがおどろいたのもむりはない。部屋のなかではあの大トランクが、いよいよはげしく、まるでゆりかごのように、ゴトンゴトンとゆれているのだ。

「おい、だれかあのトランクをあけろ！」

と、等々力警部の命令で、部下の刑事がただちに、トランクにおどりかかって、パッとふたをはねのけたが、そのとたん、さすがの由利先生も思わず、あっと息をのみこんだのだ。なんということだ！トランクのなかにははだかの美人が、くい入るような荒なわにしばりあげられ、息もたえだえにのたうちまわっているのだ。俊助はひと目その顔を見ると、のけぞるばかりにおどろいた。

「あっ、妙子さんだ!」

妙子はその声を聞いたしゅんかん、安心とはずかしさのために、思わずフーッと気が遠くなってしまった。その妙子の肌には、あのいたいたしいいれずみの地図がありありと。——

こうして難波医師によって、妙子は思いがけなくも、ふたたび由利先生や三津木俊助の手にすくわれたのだ。妙子があゝして、トランクづめになっていたからには、もはやあの片足の怪老人が鉄仮面、東座蓉堂であることはいうまでもない。

それにしても、かれはいったいどこへ行ったのか。妙子が発見されると同時に、アパートのなかがくまなく捜索されたことはいうまでもない。しかし、そのころにはすでに、怪老人のすがたはどこにも発見されなかった。

こうして妙子は思いがけなくも、警官たちの手によってすくわれたのだが、このことをいぶかしく思わずにはいられない人がただひとりいた。いうまでもなく由利先生だ。鉄仮面ほどの人間が、こうもたやすく、難波医師のようなしろうと探偵にうらをかかれたということが、由利先生にとってはふしぎでならなかったのだ。

これはなにか深い考えがある。あいつがそうやすやすと妙子を人手にわたす男だろうか。負けたと見せた、何かそのうらには、またもや悪い計画を練っているのではなかろうか。——由利先生にはそんな気がしてならないのだが、はたして、由利先生のその心配はあたっていたのである。

それはさておき、こちらはすくいだされた桑野妙子。身よりのない彼女は、せっかくすくいだされはしたものの、さて、どこといって落ちつく先がない。それをかわいそうに思った由利先生は、警視庁と相談のうえ、とりあえず彼女を自宅に引きとって、静養させることになった。

打ちつづくおそろしさとつかれと冒険のせいで、あわれにも、妙子のからだはいまやすっかり弱りきっているのだ。由利先生の自宅へ引きとられてからというもの、妙子はにわかに、病床にふしてしまった。

こうして一週間ほどのちのこと。この由利先生の家へ、ある日たずねてきた思いがけない人物がある。いい忘れたが由利先生の自宅は、麴町三番町《こうじまちさんばんちょう》の市谷《いちがや》のお濠《ほり》を眼下に見おろす土手っぷちにあるのだ。この土手っぷちを、いましもまっしぐらに走らせてきた一台の個人タクシー、とつぜんハンドルを横に切ると、

「あ、あぶない？」

とあわててブレーキをかけたはずみに、個人タクシーはドシンと由利邸の塀にぶつかった。

「ちくしょうっ、気をつけろ」

と、運転手をどなりつけながら、客席から半身をのりだしたのは、意外にも、あの帰国したばかりの牧野慎蔵である。

「だんな、ごめんなすって、あわれな浮浪者でございます。おめぐみくださいまし」

危うく乗用車としょうとつしそうになったのは、身体障害者用の歩行車。乗っているのは髪をぼうぼうとのばした、黒眼鏡の浮浪者である。

「もうちょっとで、タイヤに引っかけるところだった。以後気をつけろ。チェッ」

と、舌うちした牧野慎蔵は、ポケットからいくらかの金を取り出すと、それを歩行車のなかに投げこんでやったが、しかし、このとき牧野が、もっと注意ぶかく、この浮浪者の表情に気をつけていたら、この老浮浪者が大きな黒眼鏡の奥で、ニヤリとうす笑いをもらしたことに気がついたであろう。

ああ、奇怪なるこの老浮浪者、かれはいったい何者であろう。

それはさておき、個人タクシーから降り立った牧野慎蔵は、そこが由利先生の家であることに気がつくと、すぐニヤリと微笑をもらして玄関のブザーを鳴らした。それに応じて現れたのはひとりの助手の少年。

「あ、あいにく、いま先生はおるすですが」

牧野はそれを聞くと、たちまちこまったように、

「それはこまりましたな。じつは鉄仮面のことで大至急お話したいことがあるのですが」

「そうですか。それならしばらく、応接室でお待ち願えませんか。まもなく先生は、お帰りになりますから」

うまくいったとよろこんだ牧野慎蔵。しばらくぽつねんとひとり応接室で待っていた

が、なにを思ったのか、ふいにあたりの様子をうかがうと、スルリと廊下へすべり出て、やがて探しあてたのは妙子の部屋だ。

妙子はいまもすやすやと深い眠りにおちている。それを見ると牧野慎蔵、しめしめとばかりに部屋のなかへしのびこむと、ソッと妙子のパジャマのはしに手をかけた。

ああ、牧野慎蔵。かれは先日の新聞で、妙子の肌にも地図のいれずみがあることを知り、ひそかにそれをぬすみ見するためにやってきたのだ。

なにも気づかぬ妙子はゴロリと寝返りを打つ。その肌の上を、牧野の指が奇妙な昆虫のようにはいずりまわる。と、そのとき、ふいにうしろから、

「おやおや、それがはじめてよその家へきた人のする礼儀ですかね」

と、からかうような声。

ハッとしてふり返った牧野の目には、由利先生の冷たく笑ったすがたがのしかかるようにうつった。

鉄仮面遁走《とんそう》

「いや、これはどうも」

と、牧野慎蔵はドギマギしながら、

「じつは新聞で、妙子さんの容態がひどくお悪いように読んだものですからね。それで

ちょっとお見舞いにあがったんです」

「なるほど」

と、由利先生は浅黒い頰に皮肉な微笑をきざみながら、

「それで、主人のるすちゅう、どろぼうみたいにこの部屋へしのびこんだというわけですか」

「いや、そういうわけではありません。そうおっしゃられると、なんともどうも、おことばの返しようもありませんが、一刻もはやく妙子さんのご容態をうかがいたかったからで……。あんたはご存知かどうかしらんが、わしはずっとまえに、金庫部屋のなかで、あやうく、殺されようとするところを、妙子さんのおかげで助かったことがあるもんですからな」

口は便利なものだ。牧野慎蔵はここで、由利先生の疑いをまねいては一大事とばかり、必死になってまくしたてるのである。

由利先生ははたしてそれに、ごまかされたかどうかは疑問だが、それでもいくらかうちとけたようすで、

「まあ、まあ、話はゆっくりうかがいましょう。しかしここは病室、お客さまのいらっしゃるところじゃありませんよ。むこうの応接室へいって、いろいろとお話をききましょうか」

「あ、そうですか。いや、まことに失礼しました」

ようやく心がとけたらしい由利先生の話しぶりに、牧野慎蔵はホッとしたようにひたいの汗をぬぐいながら、あたふたと病室を出ると、もとの応接室へとって返したが、それを見ると由利先生、いきなりベッドのそばへかけよって、妙子の肩にソッと手をかけた。

と、いまのいままで、すやすやと眠っているとばかり思われた妙子が、ふいにパッチリと目をひらくと、

「先生」

と、こごえでささやく。

「しっ」

と、それをおさえた由利先生、なにやら早口に妙子の耳にささやいていたが、相手がこくりこくりとうなずくのを見ると、

「いいですか。それじゃたのみましたよ」

と、こごえに念をおしておいて、やがて落ちつきはらった顔つきで応接室へとやってくる。

「いや、お待たせしました。なにしろ助手を使いに出したものですから、お茶もさしあげられなくて、お気のどくです」

「いえ、どうぞおかまいなく。しかし、ご家族は助手の方とおふたりきりですか」

「いやもうひとり家政婦がいるんですが、これも今朝ほどからあいにく外出中なので、

いまのところ家のなかには病人とわたしのふたりきりですよ。はははははは」

あの、由利先生はなんだってこんなことをいうのだろう。これはまるで、相手につけこむすきをあたえるようなものではないか。あんのじょう、それをきくと、牧野慎蔵の目がギロリと気味悪くひかったが、さりげないようすにたちもどった。

「いや、先生のようなご職業のかたには、けっきょくそのほうがよいのかもしれませんな」

と、取ってつけたようなおせじをいいながら、なんとなく、部屋のなかを見まわしていたが、そのときふとかれの目についたのは、デスクのはしに投げ出してある太い棍棒《こんぼう》だ。太さといい、長さといい、にぎりぐあいといい、いかにも手ごろな武器。おまけに、さきに鉛がつめてあるのまで、まったくおあつらえむきにできている。牧野はそれを見ると、思わずニヤリと笑ったが、それと知ってか知らずか由利先生、

「それではひとつ、ご用のおもむきをお聞きしましょうか、しかし、これではあまり失礼だな。おおそうそう、このあいだひとからもらったウイスキーがありましたっけ、あれでもさしあげましょうか」

立ち上がった由利先生、つかつかと部屋を横切ると、むこうむきになって、壁ぎわにある西洋戸棚をひらいたが、そのときである。やにわに、先ほどの棍棒を手にとった牧野慎蔵、それこそ蛇のようなすばやさで、スルスル、由利先生のうしろにしのびよったかと思うと、いきなりガンとばかりするどい一撃をくらわせたからたまらない。あっと

もいわずに由利先生は、まるで泥人形がくずれるように、へなへなとその場にくずれてしまったのだ。

「ふふふふふ」

と、牧野慎蔵はそれを見ると、ニヤリときみわるい微笑をもらしながら、

「名探偵だなんていばってやがっても、ふいを打たれりゃもろいものさ」

と、棍棒を投げ出して、両手をこすりつつ、しばらくキッときき耳をたてていたが、やがて応接室をしのび出ると、やってきたのは妙子の病室。と、見るとちょうど妙子は、ベッドのそばに立って、いつのまにやら外出の身じたくをととのえているのだ。牧野は思わずギョッとしたが、

「おや、妙子さん、どちらへ行くのですか」

「あたし、あたし、ここを出ていきますの。だって、ここは、あまりおそろしいんですもの。この家は悪魔の巣ですわ。いいえ、いいえ、鉄仮面のすみかです。ああ、あなた、あたしを助けて、あたしを文代さんに会わせて」

そういったかと思うと、ビーズで編んだハンドバッグをむちゃくちゃにかきむしりながら、ワッとばかりに泣きふすのだ。牧野は一しゅんの間、あわれむようにその様子をながめていたが、やがてニヤリと気味悪い笑いをもらした。

わかった、わかった。うちつづくおそろしさのために、妙子はついに気がくるったのだ。いいや、発狂しないまでも、一時的に気がくるったのだ。

「ふふふふふ」

と、牧野はいよいよ気味悪く笑いながら、

「それはまあ気のどくだ。おじょうさん、いや妙子さん、それじゃわたしといっしょにおいで。わたしがあんたをすくってやるからな」

「まあ、あたしをすくってくださるんですって。それじゃ、あたしをこの家からつれ出してくださるの」

「そうだ、そうだ。わたしといっしょにこの家を出ていくのだ。さあ、妙子さん」

と、牧野はさっそく妙子の手をつかむと、

「おとなしくわたしといっしょにくるんだ」

助手の帰ってこぬ間にと、いそがしく表へとび出した牧野は、待たせてあった個人タクシーに、妙子のからだをおしこむと、

「運転手くん、さっきのところまでやってくれたまえ。ほら、羽田空港のすぐそばだ」

「へいへい、承知しました」

と、大きなすす色の眼鏡をかけた個人タクシーの運転手が、小声でそう答えたが、そのとき、牧野慎蔵がもうすこし注意してみたら、この運転手の様子に、どこかみょうなところがあるのに気がついたはずだった。

平和島《へいわじま》を過ぎ羽田へ向かう高速道路を、個人タクシーはもうれつなスピードで疾走し

ていく。妙子は車体がゆれるたびに、キャッキャッと子供のように喜んだり、そうかと思うと、きゅうに悲しげに、メソメソと泣きだしたり、しかもその間にビーズで編んだハンドバッグをズタズタに引きさいていた。

「だんな、だんな、ここを左へ行くんでしたっけね」

「右だよ。ばかやろう、きみはさっき通った道を忘れちまったのかい」

「すみません。だんな、なにしろこのへんときたら、やけに道がくねくねしていやがるんでね」

と、運転手はさもいまいましそうに舌打ちをしたが、それでも、空港の手前にある高速道路の出口を出て、二十分ほどのちにやっと目ざす建物まで個人タクシーはたどりついた。

そこは羽田の空港からほど遠からぬ海岸近くの一軒家。いや、家というよりも、倉庫といったほうがふさわしいような、荒れはてたバラック建てなのだ。

「やあ、ごくろう、ごくろう、ここでいいよ」

「おっと、そうでしたっけ」

個人タクシーをとめると、牧野はにわかにおじけづいて尻ごみする妙子の手を引っぱって、むりやりに倉庫のなかへ引きずりこんだ。

と、そのうしろすがたを見送った運転手、ニタリと気味悪い微笑をもらすと、わざとクラクションをうるさく鳴らしながら、ものの一〇〇メートルあまりも引き返したが、やがてピタリと車をとめると、ヨタヨタと運転席から地上におりたが、見ると、ああ、この個人タクシーの運転手は、片足に義足をはめているのだ。

さて、こちらは倉庫のなか。そんなこととは夢にも知らぬ牧野慎蔵が、妙子の手をとってグイグイと引きずりこんだのは、ガランとした薄暗い一室だった。

「ほら、おまえの会いてえという文代は、そこにいらあ、ゆっくりとお目にかかりねえ」

ことばつきも荒あらしく、ドンとうしろから突きとばされた妙子は、ヨロヨロと部屋へふみこんだがそのとたん、

「ああ、文代さん」

「妙子さん」

と、呼びかえしたいところだろうが、かわいそうにぐるぐるとしばられ、さるぐつわをはめられた文代は声を出すことができないのだ。目に涙をいっぱい浮かべて、身も世もなく、すすり泣きする、そのあわれさ。打ちつづく苦労に、顔はやつれ、落ちくぼんだ両の目には、涙をためてこらえきれずに泣きふすのだ。

「文代さん、あいたかった。あいたかったわ。わたし、どんなにあなたのことを心配していたかしれないのよ。わたしたち、もう二度とはなれないわね。このまま死んでも、決してはなれないわね」

と、むちゅうになってすがりつく妙子を、いじわるくうしろに引きはなした牧野慎蔵。

「いっしょに死にたけりゃ殺してもやろう。しかし、いまはいけねえ。ちょいとおまえ

たちのからだに用事があるのだ。妙子さん、すまねえが、おまえちょいとそのうわぎをとっておくれ」

「ゆるして」

と、おびえて泣き叫ぶ妙子のからだをいきなり抱きしめ、むりにそのうわぎをはぎとり、下着をぬがせる。と、見ると、その肌《はだ》にありありとのこっているのは、あの奇妙ないれずみなのだ。

文代の肌にあるいれずみと、たいへんよく似た地図のいれずみなのだ。

「ふふふふふ、あったぞ、あったぞ」

と、牧野慎蔵はむちゅうになって、

「これだ、この地図だ。これと文代の肌にあるいれずみと、二枚合わせれば大金鉱のありかがわかるんだ。妙子さん、くるしかろうがしばらくしんぼうしていておくれ」

「助けて。だれかきてえ」

と、妙子はむちゅうになって叫ぶのだが、なにしろところせまい一軒家。しばられた文代が身をもがいてあせるのだが、どうすることもできない。牧野慎蔵はみるみるうちに、妙子のからだをしばりあげると、

「さあ、しばらくのしんぼうだ。ちょっとのあいだ静かにしていておくれ。なに、ちょっと写真をとらせてもらえばいいんだ。なにしろおまえたち生きた地図をモンゴルの奥地までつれていくわけにはいかないからね」

と、牧野は手ばやく、妙子の人肌地図をカメラにおさめると、

「さあ、これですんだと。文代のやつはさきに撮影してあるから、こいつを焼きつけりゃ、万事おしまい。だが、待てよ」

と、牧野はきゅうにギロリと目をひからせると、

「おまえたちのいれずみを、このままにしておいて、ほかのやつに見られちゃなんにもならねえ、さてっと」──と、牧野はあたりを見まわしていたが、ふと目にうつったのは、かたわらに赤あかと燃えあがっているストーブだ。ストーブのなかには、火かき棒がまっかに焼けて、ブスブスと白い煙をあげている。それに目をやって、ニタリと微笑した牧野の顔は、悪鬼よりもいっそうものすごかった。

「はははははは、いいことがあらあ。この焼きごてでおまえたちのそのいれずみを焼き消してしまうのだ。はははははは、こいつはいい」

ああなんというおそろしさ、なんというむごたらしさ。牧野はニタリニタリと笑いながら、まっかに焼けた火かき棒を取りあげると、猫のように、足音をしのばせ、一歩一歩、妙子のそばに近寄ってくる。ああ、その顔のすさまじさ。妙子はシーンとからだじゅうの血がこおる思い。逃げようにも手足をしばられているし、すくいを求めようにもこの一軒家。

「ああ、文代さん、文代さん」

「はははははは、文代かね。文代もいずれあとから、手術をしてやる。それより前に、

妙子おまえのそのいれずみから……」

　焼きごての先が、いまにも妙子の肌にふれようとした。が、そのとたん、ズドンと一発、銃声がとどろいたとみると、

「あッ」

　と、叫んで、牧野はおそろしい責め道具を取りおとしたが、そこへヌッとはいってきたのは、あの片足の個人タクシーの運転手。

「おい、牧野、おまえもいいかげんだなァ」

「だ、だれだ、きさまはだれだ！」

「フフフ、おれだよ。東座蓉堂」

　と、怪運転手は眼鏡をとると、

「牧野、きさまにはわからねえのか。おれはこのあいだから浮浪者に化けて、妙子の身辺にアミを張っていたんだ。そうよ、いつか妙子のいれずみに引きずられて、おまえがすがたを現すだろうと、わざわざ妙子を警察の手にかえしてやったのも、みんなおれのはかりごとさ。おい牧野、こんどこそ妙子と文代とふたりそろえて、おれはもらっていくぜ」

　と、いったかと思うと、鉄仮面の東座蓉堂、牧野の心臓めがけて、キッとねらいをさだめたのである。牧野は恐怖のために、思わずへなへなと床の上にへたばってしまった。

さて、こういうできごとのあいだ、由利先生はどうしていただろう。牧野慎蔵が妙子の手をひいて、そそくさと乗用車で立ち去ったあと、ふしぎ、ふしぎ、何もしらずに眠っているはずの由利先生が、ムクムクと床の上から起きあがった。

由利先生はニヤリと笑いながら、床の上に落ちている棍棒を拾いあげると、ああ、なんという怪力、あの太い棍棒をぐいとばかりにふたつにへシまげたのである。

「はははは、さすがの悪党も、こいつがゴムでできているとは、気がつかなんだらしいな。いや、とんだおしばいだ」

と、つぶやきながら、片手をはなすと、いったんへシまげられた棍棒が、ふたたびピンともと通りになる。なあんだ、ゴムだったのか。それじゃだれだってヒンまげることができるはずだ。

由利先生はクックッと笑いながら、棍棒を投げ出すと机の上のボタンをおした。すると、だれもいないといった家のなかから、

「はい」

とへんじをして、やがてドアのそばにあらわれたのは、さっき牧野をみちびきいれたあの助手の少年である。

「進くん、三津木俊助くんに電話をかけておいてくれたかな」

なんと、この助手の少年というのは、ほかならぬ御子柴進なのだ。身よりのないみなしごの進はいままでは由利先生の家で、助手としてこの大探偵の手つだいをしているのだ。

「はい、さきほどおかけしておきました。まもなくおみえになるでしょう」

そのことばもおわらぬうちに、表で自動車がとまる音がすると、せかせかとした急ぎ足で、飛びこんできたのはほかならぬ三津木俊助。

「先生、妙子さんが誘拐《ゆうかい》されたというのは、ほ、ほんとうですか」

「ああ、ほんとうだよ」

と、由利先生は平然として笑っている。俊助は怒りながら、

「先生、いったい、なんということですか。先生がそばについていながら、妙子さんが誘拐されるなんて。せ、先生はこの失敗をいったいどうするつもりなんです」

「まあ、まあ、そうこうふんせずに静かにしていたまえ」

「静かにしろったって、これが静かにできますか。いったい、だれに誘拐されたのです」

「牧野慎蔵にだよ」

「ちくしょう！　どうも変だと思った。あいつめ、さっき新聞社へ電話をかけてきて、妙子さんの肌にみょうないれずみがあると新聞に出ていたが、あれはほんとうのことかって、しつこく聞いてやがったが、さてはあいつめ、どういうわけかしらんが、あのいれずみをねらっているんだな」

「どうもそうらしい」

と、由利先生は相かわらず平然として、ニヤニヤ笑っているのである。さすがの俊助もあきれかえった面もちで、

「どうもそうらしいって、先生、先生は牧野のやつが妙子さんを誘拐すると知っていて、だまって見のがしていたんですか」

「ああ、そうだよ。じつはあいつにわざわざ誘拐してもらったんだ」

これにはさすがの俊助もあいた口がふさがらなかったのもむりはない。

「先生、わざと誘拐してもらったなんて、そ、それはいったい、どういうわけなんです」

「三津木くん、きたまえ」

と、由利先生はきゅうに、キッと帽子をつかんで立ち上がると、にわかにことばをあらため、

「進くん、きみもいっしょにきたまえ。これから牧野のあとを追っていくのだ。三津木くん、じつはね、牧野のやつがいったい何をたくらんでいるのか、それから文代さんをどこへかくしているのか、それを知りたかったものだから、妙子さんにたのんで、わざと誘拐されてもらったんだ。さあ、これから、あいつのあとを追っていくんだ」

「しかし、しかし」

と、あたふたと由利先生のあとを追いながら、

「牧野がどこへ逃げたか、どうしてわかるのですか」

「それはね、三津木くん」

と、さっそく玄関から外へふみ出した由利先生、しばらく道路上をあちこちと眺めていたが、ふいに目をすぼめると、

「あ、あれだ。三津木くん、あれを見たまえ」

ステッキの先でさされたところを見ると、これはどうしたというのだ。白いアスファルトの上には、点々としてビーズの玉が、まるで地上の虹《にじ》ででもあるかのように、青く、赤く、紫に、七色のひかりをはなちながら、バラまかれているのだ。

「これが妙子さんの目じるしなんだ。妙子さんはな、ハンドバッグをこわして、そのビーズをすこしずつ路上においていってくれたんだよ。こいつのあとをつけていけばいいのだ」

俊助と進をしたがえて、いましも由利先生が、俊助の乗ってきた自動車に乗りこもうとしたときである。ふいに道ばたのごみ箱のかげから、ふらふらと立ち上がってきた男がある。

「おや、あいつどうしたんでしょう」

と、俊助がステップに片足をかけたまま、思わずそうつぶやいたときである。その男はよっぱらいみたいな足どりで、ふらふらと道のまんなかまでくると、

「ああ、乗っていってしまいやがった。ちくしょう、おれの自動車を持っていってしまいやがった」

と、つぶやきながら、またも頭をかかえて、ドシンと、かたわらの塀にたおれかかったのだ。見ると、個人タクシーの運転手のような服装をした男である。

「きみ、きみ」

と、俊助はそばへよって、

「どうしたのです。けんかでもしたんですか」

と、いぶかしそうにたずねた。

「けんかじゃねえんです。だんな、悪者がおれの自動車を持っていってしまいやがったのです」

「悪者、いったい、どんなやつだ。はっきりいいたまえ」

「わしはここまで、あるお客さんを送ってきたんです。そうそう、たしか、そのお客さんはこの家へはいっていきました」

と、由利先生の家を指さしながら、

「あっしゃその客のいいつけで、表でお待ちしていたんです。すると、すると――」

と、運転手は苦しげに息をつきながら、

「そのへんにいた片足の浮浪者が、いきなりあっしのそばへよってくると、煙草の火をかしてくれというんです。あっしゃきみがわるかったが、なんの気もなく火をかしてやっていると、そいつがふいにガンとひどい力であっしの頭をなぐりやがったんで。――ああ、痛い。まだ頭がズキズキしまさあ」

「そして、その片足の浮浪者はどうしたんだ」

「どうしたか知るもんですか。あっしはそのまま気が遠くなっちまったんですもの。しかし、いま見ると、あっしの自動車がありませんから、きっとそいつが、乗り逃げしやがったにちがいありません。だんな、だんな、そいつどっちへ行ったかご存知ありませんか」

「さあ、知らないね。しかし、その浮浪者というのはいったいどんなやつだね」

「そいつは片足がないかわりに、ゴムの義足をはめているんです」

「あ！」と、それを聞くと、自動車のなかにいた由利先生は思わずまっさおになった。

「三津木くん、三津木くん、早く、自動車に乗りたまえ、早く、早く。鉄仮面のやつが、待ちぶせしたのだ。知らなんだ、知らなんだ。鉄仮面のやつが、牧野といっしょに、妙子さんもつれていってしまったのだ」

と、由利先生はいまさらのように、髪の毛をかきむしりながら、じだんだふんでくやしがったが、手おくれだ。やがて自動車は、あの地上の虹のあとを追って、まるで疾風にのった悪魔のように、走りはじめたのである。


ちょうどそのじぶんのことだ。

話かわって、こちらは羽田の空港である。その日羽田では、ちかごろ完成したばかりの、超性能の小型民間飛行機の試験飛行がおこなわれていたのである。

おりからの微風をついて、東京湾の上空たかく、銀翼をかがやかせつつ、飛びたった飛行機が地上におりてくると、やがてひらりと操縦席からとびおりたのは、この大切な試験飛行の重任を負うテストパイロットである。

「やあ、すばらしいですな。じつにみごとです。機体といい、エンジンの性能といい、なんともうしぶんありませんね。ぼくもいままで、ずいぶん試験飛行を試みましたが、こんな快適なやつにぶつかったのは、はじめてです」

さっきから地上で、この試験飛行の結果いかにと見まもっていた、製作会社の重役たちにとりかこまれたテストパイロットは、感激にほんのりと顔を紅潮させていた。

「第一、このエンジンだと、ガソリンの食い方が、従来のエンジンの半分ぐらいですむだろうと思いますよ。今村《いまむら》くん、ちょっと貯油タンクを調べてみてください」

今村と呼ばれた機関士は、ガソリンメーターを調べていたが、

「こりゃあどうだ。あれだけ飛んでいながら、まるでガソリンがへっていませんよ。これだけあれば、まだ中国や東南アジアぐらい、自由に飛んでいけますさあ」

機関士がそんなことをどなりながら、飛行機からおり立ったときである。群集のなかから、じっとこちらを見つめている、ふたつの目に気がついて、かれはふいに、何かしらいやあな気がしたと、あとになっていうのである。

そいつは大きな黒眼鏡をかけて、そして太い松葉杖をついていた。義足でもはめているのか、歩くときにみょうにギチギチと音を立てるのである。見るとその足もとには大きな麻の袋がふたつころがっているのだが、気のせいか、それが人間のかたちをしているようで、機関士は思わず、ゾクリと背すじを冷たくしたことであった。

しかし、ほかの人びとはだれひとりその男の様子に気がついた者はなかったのだ。た

とえ、気がついたとしても、やがて三十分ほどのちに出発することになっている旅客機を待っている客だろうと、そう大して気にもとめなかったのである。

やがて、テストパイロットを取り巻いた人びとは、口ぐちに、そのすばらしい成功を祝福しながら、はるかむこうに見える、ひかえ室のほうへ帰っていく。あとには今村機関士とあの黒眼鏡の男と、そしてふたつの麻袋だけがとりのこされた。と、このときである。ふいにあの黒眼鏡の男が、松葉杖をついて、ヨチヨチと機関士のそばにちかづいてきた。

「もしもし」

と、みょうにあたりをはばかるような声なのだ。

ただひとりあとにのこって、機体を点検していた今村機関士は、その声を聞くと、ふと頭をあげたが、いま、じぶんのうしろに立っている男の顔を見ると、ハッとしたように、なにかしら、身うちが冷たくなるのを感じた。

「何かご用ですか」

「あなたはおっしゃいましたね。この飛行機には、まだ中国や東南アジアぐらいなら平気でいけるガソリンがのこっていると」

「ええ、いいましたよ。お好みなら、もっと奥地へでも飛んでいけますよ」

と、機関士はなんとなくいまいましげにつぶやいたが、それをきくと、義足の怪人はニヤリと気味悪い微笑をもらしたが、急におどろいたように、

「おや、むこうに見えるのはなんでしょう」

「え、なんですか」

「ほら、あそこ、あの白いもの」

「どれ？――どこです？」

機関士がふとつりこまれてむこうを向いたときだ。やにわに松葉杖をふりあげたあの怪人が、全身の力をふりしぼって、そいつを機関士の頭上めがけて、打ちおろしたからたまらない。

「うわーッ」

と、ひと声、するどい叫び声をあげると、くらくらと地上にたおれてしまったのである。

「おや、あの叫び声はなんだ」

いましもひかえ室で、祝杯をあげていたテストパイロットは、その声をききつけると、ハッとしたようにグラスをおいたが、そのときふいに、すさまじいプロペラの回転音が聞こえてきた。

「ああ」

おもわず顔色をかえた一同が、われがちにとひかえ室から外へとび出すと、ああ、これはいったいどうしたというのだ。いま試験飛行を終わったばかりの小型飛行機が、悪魔のように大地を滑走しはじめたかと思うと、やがてフワリと羽田の空高く浮かびあがっていたのである。

ああ、鉄仮面、東座蓉堂は小型飛行機をうばって、遠くモンゴル奥地まで、高とびをしようというのだ。行く先は、いうまでもなく、あの人肌地図に示された大金鉱。そして、あの二つの麻袋のなかには、いうまでもなく、妙子と文代の人間地図がつめこまれているのである。

羽田の空港はたちまち上を下への大さわぎとなったが、それにしても由利先生や三津木俊助、さては御子柴進少年はいったいどうしているのだろう。

話はかわってこちらは三人。ちょうどそのとき、かれらは地上にビーズの玉でえがかれた七色の虹のあとをたどりたどって、ようやく突きとめたのが、あの海岸近くの一軒家だ。

「三津木くん、どうやらこの家らしいぜ」

「そうですね。ここでビーズがなくなっています」

思わずドキリとして、顔を見あわせたふたりの顔を見くらべながら、

「先生、ぼくがひとつ様子を探ってまいりましょうか」

「ふむ、そうしてくれたまえ。しかし、気をつけなきゃあぶないぜ。むこうはなかなか危険なれんちゅうだからな」

「なあに、だいじょうぶです」

　と、進は、犬のように草をかきわけて、家のまわりをグルリとまわって歩いたが、やがて帰ってくると、

「先生、どうも変です。家のなかにはだれもいないらしいですよ」

「よし！」

　と、きっと唇をかみしめた三津木俊助、いきなりつかつかとドアのそばへ歩みよったが、意外、ドアには戸じまりがしてなかったとみえてなんなくひらくのだ。

「先生、ひとつなかを調べてみましょう。どうもなんだか変ですぜ。ひょっとすると――」

　と、俊助は思わず声をふるわせながら、

「すでにおそすぎたのじゃありませんか」

「よし、はいってみよう」

　三人はツカツカと、奥の部屋へふみこんだが、そのとたん、あっと叫んで棒立ちになってしまったのだ。床の上にひとりの男がたおれている。みごとに心臓を撃ち抜かれて、まだかわききらぬ血がブスブスと噴き出している。そのおそろしさ。悪人の最期《さいご》こそ、またあわれであった。

「牧野だ」

「鉄仮面がやったのだね」

　と、由利先生は暗い顔つきでそのおそろしい死体から顔をそむけたが、そのときふと

床の上に一冊の手帳が落ちているのに気がついて、それをひろいあげた由利先生、バラバラと二、三ページ走り読みしていたが、ふいにハッと顔色をかえると、

「三津木くん、こりゃ鉄仮面の日記だね。しかもいまから、かれこれ二十年もまえの日記だ」

と、由利先生がなおそのつづきを読もうとしたときだ。ふいに窓のそばに立った御子柴進が空をあおぎながら、けたたましい声で呼んだのだ。

「先生、先生、飛行機です」

「なんだ進くん、羽田にちかいのだから飛行機なんてめずらしくもないじゃないか」

「だって、だって、先生、あれをごらんなさい」

進の声に思わず窓べりによって空をあおいだ由利先生と三津木俊助、そのとたん、あっとばかりにまっさおになった。屋根をかすめてすれすれにとぶ小型飛行機から、そのときバラバラと降ってきたのは七色の雨、あの妙子の道しるべのビーズなのだ。

ああ、妙子と文代を乗せた小型飛行機は空高く、モンゴルの奥地めざして飛んで行く。

虎狼巣窟《ころうそうくつ》

大悪人の鉄仮面は、妙子、文代の二少女をともなって、ついにモンゴルの奥地へ飛んだ。あくまでも鉄仮面と勝負をつけようとする由利先生が、三津木俊助、御子柴進少年

のふたりとともに、そのあとを追ったことはいまさらここにいうまでもあるまい。

あの広いひろいアジア大陸の奥地において、世にもおそろしい死の戦いがくりひろげられることになったのであるが、それを語るまえにわたくしはいちおう、由利先生があの羽田のかくれ家において発見した、鉄仮面の日記なるものについて、ここにお話ししておかねばならない。この日記こそ復讐鬼《ふくしゅうき》、東座蓉堂が過去において、いかなる苦しみをなめたか、それをくわしくものがたっているのである。

――某日、私は敦化《とんか》を去ること東方五十マイル、天宝山付近の密林地帯において、張《ちょう》某《ぼう》なる一中国人を救助した。と、鉄仮面の日記はそういうふうにはじまっているのである。

――当時、私は若かった。いや、私だけでなく、私の三人の同志、唐沢雷太、香椎弁造、牧野慎蔵もみな若かった。われわれは目的をいだいて、中国奥地からモンゴルをさまようことすでに数年、東部国境のジャングル地帯に存在するという、大金鉱を夢見て、あてのない放浪をつづけていたのである。

――このめぐまれざる数年の放浪生活の結果、われわれはすっかりつかれていたのだ。ああ、いつになったら、われわれは目的の大金鉱を発見することができるのか。いやいや、はたして、そのような大金鉱が存在するのか。われわれは次第にやけになり、牧野慎蔵などは、たびたび、このむちゃな冒険を思いとどまるようにわれわれを説いたものだ。

──しかし、ああ、ついにいまや、われわれは目的をとげる希望を見出すことができたのだ。天宝山付近のジャングル地帯において、ぐうぜんにあの張某なる一中国人より、すばらしい金鉱の存在を聞いたとき、私はどれほど喜んだことか。

──だが、それを説くまえに、私はまず、その奇怪なる一中国人を救助したときの、あの心にのこった思い出より書きしるしておかねばならぬ。

──それは、大陸もようやく暖かくなりだした四月のある日、鏡泊湖《きようはくこ》に流れ入る名もなき川のほとりにおいて、私は釣り糸をたれていたのである。ことわっておくが、私は釣りを試みたるも決して遊びのためではない。天宝山にキャンプすることすでに数か月、たくわえの食料品を使いはたしてわれわれは、めいめい自分で食料をあさらねばならなかったのだ。ほかの三人は、山へ猟におもむいた。そして私ひとりがそこに釣り糸をたれていたのである。

──と、そのとき私は、上流より、ふしぎなものが流れてくるのに気がついた。それはたしかに人間なのだ。しかし、波のまにまに浮き沈みするその顔は、なんという奇怪さ。そいつはまゆも鼻もない、赤銅色の顔をしているのだ。しかもしきりに、手足をもがきつつも、その赤銅色の顔は、表情ひとつ変えないのだ。

──あまりのふしぎさに、私はぼんやりとしていたが、次のしゅんかんハッと気を取りなおすと、ザンブとばかり水にとびこみ、そのふしぎな人物を水中よりすくいあげた。そして私は、はじめて、その男が世にもふしぎなる鉄仮面を顔にはめていることを発見したのである。

——ああ、私がふしぎな鉄仮面民族のひとりを見たのは、じつにこのときがさいしょだったのだ。そしてこの世にも非情な鉄仮面民族が、その後、いかなる重大関係を私の上にもたらしたか、神ならぬ身の私は夢にもきづかなんだのだ。

——それはさておき、そのとき救助した、この鉄仮面こそ、張某なることはいうまでもない。私の救助のかいもなく、かれはすでに瀕死《ひんし》だった。かれは私の親切をひどく感謝するとともに、ここにおどろくべき事実を私に打ちあけたのだ。

——かれもまた、金鉱探検者のひとりだった。そして、じつにかれはその大金鉱のありかを発見したのだ。

——かれは瀕死の手つきにて、ポケットより一枚の地図を取り出した。そしておぼつかない舌にてこういうのだ。

——『大人《たいじん》よ、この地図をかたみにさしあげます。ここには大金鉱に行けるみちがくわしく書いてあります。行って、あのばくだいな富を手に入れなさい。しかし、しかし大人よ、くれぐれもとちゅう気をつけなければいけませんぞ。そこにはおそろしい、鉄仮面民族が番をしている。そいつに捕らえられたら最後、わたしと同じに生きては帰れないのです』

——これは張某の最後のことばだった。まもなくかれは、私の腕にいだかれ、死んでいったのである。

――この思いがけない告白に、私はうちょうてんとなった。ふってわいたこの幸運に私は夢ではないかと思った。私は天をあおぎ、感きわまってついに泣いた。しかし、すぐ気を取りなおすと、このよきしらせを一こくも早く仲間に知らせて喜ばせようと、むちゅうになってテントにいそいだのである。

――ああ、私はなんというばか者だったろう。そのとき、たとえ不人情であろうとも、そのばくだいな富をひとりじめにすべきだったのだ。唐沢雷太、香椎弁造、牧野慎蔵、かれらにたいしてなんの人情がいろう。かれらこそ人間の皮をかむった、ごく悪人だったのだ。

――それはさておき、私の物語を聞いたとき、かれらのおどろきと喜びはいかばかりであったろう。かれらは息をはずませ、欲ぶかそうな目をひからせ、むさぼるようにその地図を読んだ。そして、その翌朝ただちに、われわれはその地図にしたがって、川を下り、鏡泊湖さして進んだのである。

――旅すること数日、われわれは鏡泊湖のほとりにたどりついたが、そこで、はからずもあのおそろしい鉄仮面民族に出あったのだ。

――むろん、世のなかに、こんなふしぎな人間がいるはずはない。それは、情けを知らないむごたらしい人びとのあつまりで、団長はモロゾフといい、世にもっとも凶悪なる人間。かれは、罪ない民をさらってきてはそれに鉄仮面をかぶせ、家畜の如くくさりにつないで、さまざまな労働に使うのである。

――ああ、私はこのモロゾフのとりことなった。しかも私をこのどれいに売ったのは、じつに、唐沢雷太をはじめとして、私のもっとも信頼したる三人の同志なのだ。かれらは一夜、私の地図をうばい、私をモロゾフのどれいに売り、ひそかにそこを立ち退いたのだ。

――それからのちの私のくるしみ、悲しみ、それはたとえようもないほどのものであった。私はたいせつな地図をうばわれたのみならず、自由をもうばわれたのだ。その後の私は人間にして人間ならず、生きながら鉄仮面をはめられた、地獄の亡者も同様なのだ。

――それにしても憎むべき唐沢雷太よ、香椎弁造よ、牧野慎蔵よ、私はかれらに対するはげしい憎しみと復讐心に、毎晩、もだえくるしんだ。私はいつか、このおそろしき地獄の部落より逃げだすことがあろう。そのときこそ、三人の悪党よ、なんじらに思い知らせるときであるのだ。

ああ、なんという奇怪な事実、なんというおそろしい秘密。鉄仮面の日記は、このように世にもすさまじい呪《のろ》いのことばをもってとじられているのであった。

はてしなき旅、はてしなき道のり、まっかな夕陽《ゆうひ》がいままさに、山のかなたに落ちようとするとともに、大陸の空気はにわかに寒さがくわわって、肌もつんざかんばかり。その両がわには人跡未踏のジャングルや、山脈が、いくえにもいくえにも重なって、そのなかをぬって流れる一条の白河。いましも現地のロバにまたがって、この小暗い白河のほとりにたたずんでいるのは、いうまでもなく由利先生をはじめとして、三津木俊助、御子柴進少年の三人なのだ。

敦化をさること東方五十マイル、大陸の夕暮れは、すでに夕陽がしずんでからも、なおいくすじもの日のひかりが、さわやかにこのせまい峡谷をとじこめている。

「先生、蓉堂のやつが張という鉄仮面の男をすくいあげたというのは、このへんではないでしょうか」

俊助は、ふとあのおそろしい日記を思い出して、身ぶるいをするようにそういった。

「そうかもしれない」

と、由利先生もそういいながら、さびしい谷間に目をやると、なんとなく感慨ぶかげな面もちなのだ。

「そうすると、妙子さんや、文代さんも、やっぱり、この道を通って、鉄仮面につれ去られたのですね」

と、こういったのは進である。

「そうだろう、とにかく、われわれは一歩一歩、目的の土地に近づきつつあるのだ。さあ、あとひと息だ。いそいでいこう」

三人はふたたびロバにひとむちくれると、もくもくとして歩きだした。この、なんともいいようのない荒れはてた夕暮れの風景。それに、くわえて、あの不幸な妙子、文代の二少女の身の上を思うと、ともすれば三人の胸は重くなる。この見知らぬ異国のはてに、彼女たちはいったい、どのようなくるしみをなめているのであろうか。

アメのような日光も、しだいにうすれて、あたりはいよいよ、大陸の夜につつまれていこうとする。

――と、このときだ。先頭に立っていた由利先生が、とつじょ、ぐいと手づなを引きしめると、

「おや、あれはなんだ！」

と叫んだとたん、三頭のロバがヒーンとばかりに棒立ちになったのである。

「しっ、しっ、先生、何ごとが起こったのです」

「三津木くん、きみには聞こえないのかね。あのけだものの声が……」

と、由利先生がどなったときである。

とつじょ、川下のほうから、びょうびょうたるけだもののほえる声、それにまじって聞こえるのは、キヌを裂くような人間の悲鳴だ。

「な、なんです、あれは。――」

「なんだか、わからない。だれかが狼にでもおそわれているのかもしれない」

と、由利先生が、キッと腰のピストルに手をやったときである。ふいに対岸のほうから、ひとりの人間がおどり出してきた。そいつは両手を高くさしあげ、何やらむちゅうになってわめきちらしながら、しどろもどろにこちらのほうへ近づいてきたが、ふと三

人のすがたをみとめると、ザンブとばかり川へおどりこんだ。

「だれだ、止まれ！」

と、聞きかじりのモンゴル語で叫ぶと、俊助はキッとピストルを身がまえたが、相手はそんなことばも耳にはいらばこそ、消えいるばかりの恐怖の叫び声をあげながら、ザブザブとこちらへ泳ぎ渡ってくると、このときだ。その男のうしろから、おどり出してきたのは、くさりにつながれた数匹の犬、いやいや、犬というよりも狼といったほうが正しい。

まるで子牛ほどもあろうかと思われる犬どもが、歯をかみならし、ハッハッと舌をはきながら、これもまたザブンと水へとびこむと、さっきの男におそいかかっていくそのおそろしさ。

だが三人がおどろいたのはそればかりではない。いましも、犬どもがおどり出した草むらのむこうからカツカツとひづめの音が聞こえたかと思うと、みごとな栗毛の馬にまたがった男が、ヒュー、ヒューと長いムチを鳴らしながら、風のようにとび出してきたのである。

「ウオッ！　ワッ！　ヒュウ！」

その男は、何やらわけのわからぬことをどなりながら、むちゅうになってムチをふりまわしている。

むろん、日本人ではないが、そうかといって、モンゴル人でもない。がんじょうなからだをした大男。三十センチあまりの白いひげが、胸のあたりにうずを巻いて、雪のような頭髪が、馬のたてがみのようにうしろにたなびいている。そのすがたは、さながら悪鬼のようなものすごさ。

はじめのうち由利先生は、その男の叫び声を聞くと、犬どもをとめているのであろうと思ったが、すぐにそれが思いちがいであることに気がついた。犬をとめるどころか、そいつは反対に、犬をけしかけているのである。

「ちくしょう」

同じく、それに気がついた三津木俊助。そうわかってみれば、もはや一こくも手をこまねくことはできない。ピストルの引き金に指をかけると、ズドンと一発。ねらいはあやまらず、あわや、あのかわいそうな男におどりかかろうとした一匹の、脳天をつらぬいたからたまらない。さしもどうもうなやつも、水中からクルリ、およそ数メートルもとび上がったかと思うと、ドタリと水のなかに横だおしになった。

おどろいたのは馬上の男である。かれはいままで、あの残酷な人間狩りにむちゅうになっていたので、すこしもこちらに気がつかなかったのである。銃声を聞くと同時に、かれはギョッとしてこちらを見るとすぐムチを鳴らして犬どもをとどめはじめた。

「ウワッ！　ルルルル！　シッ！　シッ！」

よほどうまくしつけてあるにちがいない。主人の一言を聞くと同時に、さしもいきり立った犬どももピタリ水中で攻撃をやめる。そのあいだに追われた男は、必死となって、こちらへ泳ぎ渡ってくる。と、おがむようにして由利先生の足にとりすがったが、その顔をひと目見たとき、由利先生をはじめとして、三人の者は、思わずあっと馬上で叫んだ。おどろいたのもむりではないのである。この男の顔には、見おぼえのあるあの赤銅色の鉄仮面がはめられているではないか。

「鉄仮面民族だ」

そうだ。たしかに蓉堂の日記にあった、鉄仮面民族のひとりにちがいない。してみると、あの馬上の男は、兇悪無残なモロゾフではなかろうか。

「よし、心配するな、われわれが助けてやる」

と、ひらりとロバから、とびおりた由利先生。うしろにその男をかばいながら、ピストルを片手にキッとむこうを見ると、そのとき、馬上の男は白い歯を出してニヤニヤ笑いながら、敵意のないことを示すように、両手を振りつつ川を渡ってこちらへやってきた。

「きみはいったい、この男をどうしようというのだ」

と、相手がそばへ近寄ってくるのを待って、抗議すると、相手はちょっとおどろいたように顔をしかめたが、すぐ、

「やあ、きみたちは日本人ですね。これはめずらしい。このへんで日本人にあうなんて、いったい、何年ぶりのことだろう」

「そんなことはどうでもいい。それより、きみはいったい何者だ。そしてなんだって、

あんな残酷なまねをするのだ」

「おれかね、おれの名はモロゾフ。よくおぼえておいてもらおう」

はたせるかな、この悪魔はモロゾフだったのだ。

「いいかね、わしはこのへんの支配者なのだ。どれいたちに対して殺すも生かすもわしのかってだ。そこにいる男はおれのさだめたことにそむいた。だから、わしはそいつを死刑にしなければならんのだ」

「ちくしょう!」

と、それを聞くと気の早い三津木俊助、歯ぎしりをしながらピストルを取りなおしたが、モロゾフもさすがにこれにはおどろいたらしい。色をうしなうとあわてて両手を振りながら、

「いやいや、まあ待て。きみたちがぜひともその男をたすけろというなら、何もまあごちそうのかわりだ。助けてやろう」

と、モロゾフはムチを取りなおすと、キッと、あのあわれな鉄仮面のほうをふりかえり、

「朴《ぼく》! きさまは生命《いのち》みょうがなやつだ。この人たちがぜひともきさまを助けろとおっしゃるから、こんどだけはゆるしてやる。早く部落へ帰って任務につけ」

朴はそれを聞くと、いきなり大地にひれふして、由利先生から三津木俊助、さては進にいたるまで、いちいち地面に頭をすりつけて礼をいうと、やがてクルリと身をひるが

えして、さっさと走りだした。

「はははは、きゃつらときたら、まるで、虫けらみたいなもんですからな。ときに、きみたちはこれからいったい、どこへいきなさる」

と、モロゾフはいうと、長いまゆげの下から射すような目つきでジロリとふたりを見る。いやな目つきなのだ。

「そうだ、きみに聞けばわかるかもしれない」

と、由利先生はほかのふたりにめくばせをしながら、

「われわれは三人の日本人を探しているのだ。ひとりは男で、ほかのふたりはまだ若い少女だ。きみはこのへんで、そういう日本人を見かけなかったかね」

「さあて、さっきもいったとおり、このへんで日本人を見るのはじつにめずらしいことだからね。もし、やってきたのなら、わしの耳にはいらぬはずはないが……」

「それじゃ、知らんというのだね」

「うん、いっこうに――だが」

と、モロゾフはさぐるように三人の服装をながめていたが、

「どうだ。きみたちは、どうせ今夜、どこかへ泊まらなければならんのだろう。わしの館《やかた》へきたらどうかね。だれか、きみたちのたずねている日本人の消息を知っている者があるかもしれん」

由利先生はそれを聞くと、しばらく俊助と相談をしていたが、やがて相手のほうへ向

きなおると、

「よろしい。それじゃひとつ、やっかいになることにしよう」

そこで三人は、モロゾフのあとについて、すでにとっぷりと日の暮れた川ぞいに、その峡谷を進んでいったが、およそ、二マイルあまりも来たころである。むこうからドヤドヤとやってきた十数名の騎馬の一隊に出あった。それを見るとモロゾフは、

「おや、息子の小モロゾフが、わしの身を気づかって、迎えにきたらしい。なに、心配することはない」

かれはそういうと、馬の腹に拍車をあててそのほうへ走っていったが、やがて息子の小モロゾフというのを引きつれて帰ってきた。

「大人、これがわしのせがれの小モロゾフだ。日本人の大人がたにあいさつをせんか」

小モロゾフはそれを聞くと、ギョロリと目をひからせながら、礼をしたが、ああ、その顔つきのものすごさ。頭から左の頬へかけておそろしい刀傷、おまけにこいつ、野獣にでもかみ切られたのか、右の耳が半分ないのだ。父親以上のそのすごい顔つき、たとえひと晩とはいえ、こんな親子のところに身をよせなければならぬのかと、さすがの由利先生もなんとなく、不安な思いがしたが、それもこのさい、まことにむりならぬ話だった。

モロゾフの館というのは、おそらく昔の教会か何かだったにちがいない。このモンゴ

ルの奥地にはめずらしい建物。しかしそれにもまして由利先生たちがおどろいたのは、そこに働いているあわれな人びとだ。かれらはみんな顔にあのおそろしい鉄仮面をはめられ、腰を太いくさりでつながれ、数名の白人のためにまるで牛馬のごとくこき使われているのだ。

若い俊助や進は、それを見ると思わずこぶしをにぎりしめたが、由利先生の目で知らせる注意によって、やっと胸をさすってがまんするのであった。

モロゾフはゴージャスな客間に三人をまねいて、こんな山奥とは思えぬほど、たくさんのごちそうをしながら、かわるがわる召し使いを呼んで、三人の日本人のことを、ききただしたが、だれも知っている者はない。

「大人、どうやらきみたちの探している人びとは、まだこのへんに近よってはおらぬとみえる」

「いや、やむをえません」

と、由利先生はガッカリしたように答えたが、モロゾフはそれをみるとなぐさめるように、

「いや、まだまだ、失望するのは早いて。明日になったら、旅から帰ってくる者もある。そいつに聞けば、何か消息がわかるかもしれん。まあまあ、今夜はおつかれのようだから、ゆっくり休みなさい。せがれ、客人を寝室へご案内したがよかろう」

「おお」

と、答えて小モロゾフ、ふくれづらをしたまま、

「客人、こちらへきなさい」

やがて三人が案内されたのは、二階の奥まった一室。おあつらえ向きにベッドも三つある。

「さあ、おやすみ、何か用があったらこの呼び鈴をおしてください」

小モロゾフは持ってきたロウソクをそこに置くと、クルリと一しゅうして、部屋から出ていったが、そのあとで思わず顔を見あわせた三人、

「先生、どうもこいつは油断がなりませんぜ」

「フム、なかなかひとすじなわでいくやつじゃないよ。それにしても蓉堂のやつの消息がわからないのはよわった」

「変ですね。すでにこのへんへ来ていなければならないはずですが」

「まあしかたがない。明日になったら何か消息がわかるかもしれん。しかし、今夜のところは、ともかく寝ようじゃないか」

由利先生がロウソクを吹き消そうとしたときだ。ふいに進が、アッと、かるい叫び声をあげると、

「先生、気をつけなさい」と、いったかと思うと、いきなり床の上に身をふせたのである。そのとたん、一方の壁板がスルスルとひらくと、なかからムックと首を出したのは鉄仮面をかぶったひとりの男。

「おのれ！」

と、俊助が腰のピストルに手をやるのをみると、鉄仮面は、

「しっ！」と、じぶんの唇に手をあてて、

「わたしです。きょう、あぶないところを助けていただいた朴です」

「ああ、きみか」

「大人、あなたはこれに見おぼえがありますか」

と、ポケットを探ってつかみ出したのは、ああ、なんということだ。見おぼえのある妙子のあのビーズ玉ではないか。

「ああ、これは！」

「やっぱりそうでしたね。大人、モロゾフのいうことを信用してはなりません。おじょうさんがたは、今朝ここを出発したばかりです。しかし、いまは、そんな話をしている場合ではありません。早く、早くあの抜け道のなかにかくれなさい」と、いったかと思うと、鉄仮面の朴は、いきなり三つのベッドにとびかかると、クルクル毛布をまるめて、あたかもそこに三人が寝ているかのようなかっこうにしておき、さらに窓をひらくと、ぼうぜんとしてたたずんでいる三人を、あの壁のむこうの抜け道に追いこんだ。

「さあ、ここにかくれていればだいじょうぶです。この抜け道はさいきん、わたしがぐうぜんのできごとから発見したばかりで、ほかにだれも知っている者はありません。そのかわり、どんなことが起こっても、声をたててはなりませんぞ」

と、朴はぴったりと壁のかくし戸をしめると、おし殺したような声でそういう。

「どうしたのだ。われわれがあそこに寝ていると、何か危険なことでもあるのかね」

「そうです。あれをごらんなさい」

朴にいわれて、壁板のすきまから部屋のなかをのぞいた三人は、そのとき、思わず息をのみこんだ。

消し忘れたロウソクの灯に、ぼんやりと浮かび上がっている三つのベッドの表が、いましもムクムクと動きだしたかと思うと、とつじょ、氷のようなするどい刃物が数十本、逆さにニョッキリ生えたかとみるや、あっという間もない。ガタンとものすごい音を立てて、ベッドの上に落下したのだ。朴が丸めておいたあの毛布が、するどい刃物にいもざしとなったことはいうまでもない。

「あっ」

と、抜け穴にかくれた三人は、それを見ると、サッとほとばしるひや汗をかんじたが、そのとたん、朴がいきなり、

「しっ！」

と、三人をおしとどめた。

そのとき、あわただしい足音が、廊下のほうから聞こえてきたのだ。ドアをひらいてはいってきたのは、いうまでもなくモロゾフ父子《おやこ》だ。

いもざしとなったベッドをみると、ふたりは顔見あわせてニヤリと笑ったが、その笑

顔のおそろしさ。みると小モロゾフのほうは、手にキラキラとする抜き身をさげているのだ。

かれはつかつかとベッドのそばへよると、いちいちかくしボタンをおしてまわった。するといったん落ちたおおいは、ふたたびスルスルと上へあがってゆく、小モロゾフはそれをみると、手に持っていた抜き身を取りなおし、グサッと毛布の上から突き刺したが、そのとたんあっと顔色をかえると、あわてて毛布をひんめくる。

それからのちのふたりの狼狽《ろうばい》ぶりはいまさら、ここにお話しするまでもあるまい。およそ人間とは思えないほど、ものすごい叫び声をあげると、何やら口ぐちにつぶやきながら、そこらじゅうを探しまわっていたが、やがて、あのあけひろげた窓に目をつけると、暗い夜空を指さし、それからまっしぐらに部屋の外へとび出した。

わかった、わかった。朴がわざわざ窓をあけておいたのは、こうしてかれらの目をごまかすためだったのだ。

やがて、館のさわぎが手にとるように聞こえてきた。人ののしりさわぐ声、猛犬の叫び声、馬のひづめのひびき。どうやらかれらは犬を先頭に、追跡のひぶたをきったらしい。しだいしだいに、そのさわぎは館から遠のいていった。

「もうだいじょうぶです」

と、朴はホッとしたようにため息をつく。

「ここへくるまえに、馬小屋から三頭の馬を追い出しておいたのです。かわいそうだが、馬の耳の穴にピストルの弾丸を一つずつ投げこんでおきましたから、馬は、そのガラガラという音に、くるったようになって、どこまでもどこまでも走って行くにちがいありません。そしてモロゾフたちはだまされたとも知らずに、そのあとを追跡していくのです」

ああ、なんという用意の周到さ、なんというぬけめのない男だろう。

「ありがとう、朴くん。われわれはきみのおかげで生命《いのち》びろいをしたのです。なんといって、お礼をもうしあげていいかわからない」

「いいえ、きょう、大人たちにすくわれたことを思えば、こんなことはなんでもありません。すみませんが大人、ひとつこの仮面をとってくださいませんか」

「おお、そうだった」

と、俊助はいきなりピストルを取りなおすと、うしろのほうにある錠に銃口をあてズドンと一発。そのとたんに、パッと錠《じょう》が空中にとんだかと思うと、あの重い鉄仮面はドサリと床に落ちた。

「ありがとうございました。これさえなくなれば、百人力です。さあ、いまのあいだに、ここを立ち退きましょう」

そういう顔をみれば、年はおよそ俊助と同じくらいなのだろう。しかしその顔にきざまれた深いしわ、老人のように暗いひとみの色、それはこの鉄仮面地獄がいかにおそろしいものであったかを物語っているのだ。悪人の一味は、ぜんぶ追跡に出かけたとみえて、だれひとり、かれらをさえぎるものはない。

「さあ、この馬にお乗りください。あまり人の知らない抜け道がありますから、そのほうへご案内いたしましょう」

と、朴は三人を順に馬上へたすけ乗せると、じぶんは何を思ったのか、ふたたび館のほうへ取ってかえしたが、まもなく引き返してきた。その顔をみると、顔じゅうに皮肉な微笑を浮かべているのだ。

「朴くん、どうしたのだね」

「いや、なんでもありません」

と、朴はひらりと馬にとび乗ると、

「さあ、ご案内しましょう。おじょうさんがたがつれていかれた方向はだいたい、けんとうがついています」

ひとムチくれると、やがて四頭の馬は、月下の峡谷を疾風《はやて》のように走り出した。

「朴くん、朴くん、もう一度話してくれたまえ。ふたりの娘さんたちは元気だったかね」

「はい、ふたりともたいへん悲しそうでしたが、まだ希望をすててはいらっしゃいませんでした。あとからきっとじぶんたちをすくいにくる者があるから、その人にあったら、あのビーズ玉を見せてくれとおっしゃったのです」

ああ、けなげな妙子よ、かれんな文代よ。由利先生も三津木俊助も、さては進までが、その話を聞くと、思わず暗い気持ちになって、

「それにしても、蓉堂という男は、モロゾフと、どういう関係があるのだね。あいつもどれいだったのかね」

「そうです。あいつももとは、わたし同様、鉄仮面をかぶせられたどれいだったのですが、悪知恵にたけたやつで、しだいにモロゾフ父子にとり入り、一時腹心の部下になっていたのです」

だが、そのことばのおわらぬうちに、とつじょ、かれらのうしろにあたって、大地もゆるがさんばかりの大音響が起こったかと思うと、パッとあたりは紅《くれない》にそめられた。おどろいて、ふりかえってみると、ああ見よ、あの悪魔の本拠はいまや、炎々と天をこがして燃えあがっているではないか。

「あ、あれはどうしたのだ」

「なんでもありませんよ」

と、朴は平然と微笑すると、

「行きがけに、ダイナマイトを仕掛けておいたのです。あんなものはなにもかも、灰になってしまったほうが、神のおぼしめしにかなうのです。さあ、まいりましょう」

それから疾走すること数時間、ようやく東の空が明かるみかけたころ、かれらは小高い丘の上にある、とある泉のそばにたどりついた。

「さあ、ここまでくればだいじょうぶです。いちどここでひと休みしようじゃありませんか」

と、朴のことばに、ほかの三人も馬からとびおりると、泉のそばにはらばいになって水をのんだが、そのとき、ふいに、

「あ、あれはなんです」

と、朴が叫んだ。

「なんだ、どうしたのだ、朴くん」

「においです。ああ、タールのにおいです」

と、朴はヒクヒクと鼻うごめかして、あたりの空気をかいでいたが、なにを思ったのか、馬のひづめをあげてみて、

「しまった――」

と、まっさおになって唇をかんだ。

「どうしたんだ。ひづめがどうかしたのかい」

「ごらんなさい。タールのにおいはここから出るんです。馬のひづめにタールが塗ってあるのです」

「それがどうしたというのだ」

「まだおわかりになりませんか。タールは犬の嗅覚《きゅうかく》をしげきします。タールのにおいはいつまでも抜けません。犬が――犬が――犬が」

朴が、そのことばをおわらぬうちに、とつじょ、びょうびょうたる犬の泣き声が聞こえたかと思うと、ああ、見よ、丘のふもとから十数匹の猛犬が、いや、犬というより、

狼なのだ、するどいまっ白な牙をかみならし、まっしぐらにこちらへ近づいてくるではないか。そしてうしろから、モロゾフ父子を先頭に、十五、六名の悪魔の一味が、手に手に武器をふりながら馬をあやつって、真一文字に走ってくるのが見えたのである。

大宝庫

由利先生をはじめとして、三津木俊助も、進も、そのしゅんかん、思わずサッと、まっさおになってしまった。

うすら寒い夜明けの大平原に、十数匹の猛犬を先頭に、手に手に武器をひらめかしつつ、走ってくるモロゾフ父子とその一味。それはさながら世にもおそろしい、一枚の地獄絵巻そのものであった。

「みなさん、もうしわけありません」

と、朴は世にも悲痛な声をふりしぼり、

「わたしがおろかだったたから、このようなはめに陥ってしまったのです。ひづめに塗ってあるタールに気がついてさえいたら――」

「いやいや、朴くん、これはきみの過失でもなんでもない。われわれはただ、モロゾフの悪知恵に負けたのだ。あいつは日ごろから、鉄仮面民族が馬を盗んで逃亡するのをおそれ、いつでも犬どもに追跡させることができるように、馬のひづめにタールを塗っておいたにちがいない。いまわれわれがそのわなに落ちたのも、なにかの因縁《いんねん》だ。だれも決して責めやせんよ」

と由利先生はやさしく、さとすように、朴青年にいったが、さて、キッと、俊助や進のほうにふりかえると、

「さて、きみたち、見られるとおりのありさまだ。逃げようにも逃げ出すすべのないことはわかっている。見たまえ、馬どもは犬の叫び声が聞こえたときから、あのようにおそれおののいている。とてもものの役に立ちはしない。われわれはここにふみとどまって、あの悪魔や猛犬どもと戦うよりすべはないのだ」

「むろんですとも、先生」

と、若い俊助は、敵が多ければ多いほど、相手が兇暴であればあるほど、その勇気はふるい立つのだ。かれは刻々とせまる悪魔の一群を見ると、こうぜんとして、

「やっつけましょう。どうせいちどは捨てねばならぬ生命です。あの悪魔をひとりでも多くたおして死ぬことができたら本望ですよ。なあ、進くん」

「そうですとも、先生、ぼくはあの狼のようなやつを二、三匹やっつけます」

と進も頰をりんごのようにそめ、ギリギリと奥歯をかみ鳴らしていた。

「よし、それを聞いてわしも安心した。それじゃみんな、できるだけはなれるな。そして最後まで希望をすてちゃいかんぞ。われわれはあくまで生きのびねばならん。生きて、鉄仮面と戦わねばならぬ重大使命が、まだわれわれに残されているのだ」

四人の者はそこで、ピタリと背なかを合わせてひとかたまりになった。悪魔よ、くるならこい。かたっぱしからこのピストルの弾丸をおみまいもうすぞとばかり、キッと決意に燃えた顔つきになったときである。先頭きってとんできた一匹の猛犬、ウオーッとばかりに、牙《きば》かみならし、旋風をまいて、おどりかかってきたしゅんかん、

「ダ、ダーン」

俊助のピストルからパッと白い煙が立ちのぼったかと思うと、さしもの猛犬も脳天ふかくつらぬかれて、
ク、クーン。
悲鳴とともに、クルリと空中におどりあがると、そのまま、ドサリと地上にのびてしまった。

「そうら、みろ、一ちょうあがりというところですぜ。どうです、先生、わがはいの腕前は」

この場におよんでも、余ゆうしゃくしゃく、俊助はからからとうち笑う。

だが、その笑い声もおわらぬうちに、あとからつづいた三匹の猛犬、ひとかたまりになってビューッと空中をとんでくる。

「撃て」

と、由利先生の命令とともに、俊助、進、朴青年の三人が、同時にズドンと引き金をひいたが、残念ながら命中したのはただ一発。先頭に立ったやつは、もんどり打ってバ

ッタリたおれたが、ほかの一発は肩をかすめてうしろにとんだ。さらに朴青年の放った一発は、かんぜんにねらいがはずれたからたまらない。銃声に狂いたった二匹の猛犬、いよいよ悪犬の形相《ぎょうそう》ものすごく、血ぶるいをしながら、めちゃくちゃに四人の者を目がけておどりかかってくる。

「こんちくしょうッ」

ガーッと牙かみならしておどりかかってきたやつを、ようやくからだをかわした三津木俊助、胴のまんなかめがけて、ズドンと一発。

「そうら、これで三匹やっつけたぞ」

サーッととんだ犬の返り血をうけて、思わず身ぶるいをしながらそばを見ると、進がいまや一匹の犬と組みあったまま、マリのようにゴロゴロと大地をころげている。さらにむこうを見ると、由利先生と朴青年とが、おくればせにかけつけてきた犬を、めいめい二、三匹ずつ相手にしながら、必死となって戦っているのだ。

「三津木くん、三津木くん、進くんをたのんだぞ」

「ようし、引き受けた」

と、ばかり、飛鳥のごとく身をおどらせた三津木俊助、進のそばへとんでいくと、いきなり犬の脾腹《ひばら》をいやというほどけりあげる。

「キャ、キャーン」と、叫んで、とびのくところを、進が下からダーンとぶっ放したからたまらない。さしもの猛犬もからだをもがいてぶったおれる。進がさらに脳天めがけ

てぶっ放そうとするのを、

「よしたまえ、進くん、このさいだ、一発でも弾丸をだいじにしろ」

と、叫びながらもじっとしてはいない。すぐさま、朴青年のそばへ走りよるとみるや、

パン、パンとつづけざまに二発。じつに俊助の射撃の腕のみごとさ、五発で五匹、かんぜんにうちとめたのだ。

だが、これが俊助のピストルのなかにこめられた最後の弾丸だった。まだ一発あると思っていたのが俊助の手ぬかり。おりから横なぐりにとんできたやつを、クルリむきなおって真正面から一発、食らわせようとしたが、しまった！　カチリと引き金の音がして、弾丸が出ない。

「しまった」と、思ったがもうおそい。子牛ほどもあろうというやつが、剣のような牙をむいて、ガーッと俊助の肩にかみついたかと思うと、そのまま俊助は犬もろとも、もんどりうって大地にたおれてしまった。

こちらは由利先生、ようやく二匹の猛犬をしとめて、キッとばかりにむこうを見ると、進と朴青年のふたりが、たがいにピタリと背なかをくっつけたまま、数匹の犬をあいてに必死となって戦っている。さらにそのむこうには俊助が、もっとも大きなやつを相手に、いまや必死の格闘ちゅうだ。みれば俊助の肩からあごへかけて、それこそ紅をぬったようにまっかになっている。

丘のふもとには、そのときモロゾフ一味の者がひしひしとばかりおしよせている。し

まった、あいつらがかけつけるまでに、この猛犬どもをかたづけなければならない。

由利先生は、すばやく弾丸をこめかえると、進の周囲にむらがっているやつを、つづけざまに二、三匹、ダ、ダーンとやっておいて、俊助のそばへよると、

「三津木くん、だいじょうぶか」

「だいじょうぶですとも、こんなやつ。そ、それより先生、そ、そこにぼくのピストルがあります。それに弾丸をこめてください」

この場におよんでもゆうゆうたるもの。由利先生はいわれたとおり、落ちていたピストルに弾丸をこめおわると、そのときだ。ガーッとばかりに上からのしかかってくる猛犬の上下のあごに両手をかけた三津木俊助、全身の力をふりしぼってクルリと地上に起きなおると、まるでぞうきんでも投げすてるように、クルクルクル、二、三度空中に振りまわすと、えいとばかりにそばの岩角にたたきつけたから、これにはかねて俊助の怪力を知っている由利先生も、思わずあっと舌をまいておどろいた。みると猛犬のあごから耳へかけて、十センチ近くもみごとに引き裂かれているのだ。

「三津木くんえらいことをするなあ」

「なあに、これしきのこと、なんでもありません。先生、それよりピストルをください」

流れる血潮をぬぐおうともせず、由利先生の手から自分のピストルをもぎとった三津木俊助、クルリとあたりを見まわしたが、このときすでに半数以上を失った猛犬どもも、さすがにおじけをふるったのかしっぽをまいて遠巻きにしたまま弱よわしい声でうなっ

ているばかりだ。

「ああ、だれも怪我はありませんね。いったい、何匹やっつけたのです。ヒイフウミイ、やったやった、十一匹やっつけましたね。それで残っているのは、たった五匹か、ゆかいゆかい」

「怪我はないって三津木くん、きみ自身はどうだ。だいぶ、肩先をやられているじゃないか」

「なあに、こんなもの、怪我のうちにゃはいりませんよ。さあ、これで犬のほうはやっつけたが、こんどはいよいよ人間の番だ。進くんも朴くんもゆだんするな」

またもやひとかたまりになって、四人がキッと身がまえたとき、ようやく丘の上にたどりついたのは、モロゾフ父子に一味の者、数えてみると相手は十三人である。

モロゾフはじぶんたちがかけつけるまえに、あらかた猛犬どもが料理をおわっているだろうと思ったのに、このありさまを見て、さすが兇悪な悪人も思わずびっくりしてしまった。

手にしたむちをビュービューと鳴らしながら、のこった犬どもをけしかけるが、おじけのついた猛犬どもは、いよいよしっぽをたれてしりごみするばかり。そのうちに子分の者が、さっき俊助に引き裂かれた犬の死体を見つけだしたから、たまらない。子分の者は、いっせいにワッと叫んで、あとずさりする。

「だれだ、だれだ、この犬を引き裂いたのは」

と、モロゾフもあまりの怪力に、さすがにまっさおになって長いあごひげをふるわせた。

「ああ、その犬を引き裂いたのか、そりゃおれがやったのだ。はははは、そんなことは、朝飯まえの仕事だぜ」

と、いいながら、そばにたおれている一匹の犬のあごに手をかけると、ふたたびこいつをバリバリと引き裂いて見せたから、子分の者はワッと叫んで五、六歩馬をあとへ返す。

悪人にかぎって迷信ぶかいものだ。人間わざとは思われない俊助のこの怪力に、かれらはおそらく人か魔かと、早くもおじけづいたにちがいない。

と、これを見るなり、ヒラリと馬からとびおりたのは小モロゾフ。無言のままツカツカとたおれている犬のそばに近よると、これまたそのあごに手をかけ、バリバリとこいつをふたつに引き裂くと、

「若僧、前へ出ろ」

「なにを」

「一騎討ちだ。おれとお前とは男と男だ。武器をすてて素手で、他人をまじえずここで勝負を決するのだ」

「おもしろい」

由利先生がとめるのも聞かばこそ、血気にはやる俊助は、いきなり前へおどり出した。

小モロゾフは二メートル近くもある大男。俊助も日本人としては大きいほうだったが、相手の体格にくらべれば、とてもくらべものにはならない。

それに俊助はいま、猛犬の牙によって受けた肩の痛みがある。だれの目にも、ひけ目は感じられるのだが、売られたけんかにあとへひくような俊助ではない。俊助はやにわに前へおどり出すと、

「おい、小モロゾフ。おまえいったな。おれもおまえも男だと。ヘン、おれの男はわかっているが、きさまはそれでも男のつもりか」

「なにを」

「ゆうべ、からくりベッドでわれわれを暗殺しようとしたなあ、だれだっけな。あれが男のやることかい」

「なにを！」

と、火のごとくいきどおった小モロゾフが、持った剣を投げすてて、やにわにガーッとおどりかかってくるのを、ひらりとかわした俊助が、その腰に手をやると、目にもとまらぬ岩石落とし、地ひびきたてて、小モロゾフのからだは大地にたたきつけられた。

これが俊助の手なのだ。相手をおこらせて、そのそなえのかたまらぬすきにつけ入ろうという俊助の作戦がみごと成功したのだ。しかし相手もさるものだ。痛さをこらえて、ムクリ起きなおると、いきなり俊助の首に両手をかけた。仁王さまのような両手がぐいぐいと俊助の首をしめつける。俊助の顔はみるみる赤みをおびて、血管がみみずのよう

にはれてくる。

危ない！　危ない！　このままほうっておけば、いまにも俊助は息がつまってしまうだろうと、見ているほうでは気が気でない。だが、このしゅんかん、ええい、俊助の声があたりの空気をつらぬいたとおもうと、小モロゾフのからだはもんどりうって大地をはっていた。すかさずその上に馬乗りになった三津木俊助。こんどは俊助の手がグイグイと小モロゾフの首をしめるのだ。小モロゾソはしばらく、ふみつぶされた蛙のように、手足をバタバタもがいていたが、そのとき、進がアッと叫び声をあげた。

「先生、気をつけて。相手は短刀を持っていますぞ」

そのことばもおわらぬうちに、かくし持った短刀を抜きはらった小モロゾフが、ひきょうにも、いやというほど、俊助の腹をえぐったからたまらない。俊助は血に染まってその場にたおれたか――と、みえたがそうではない。危ないところで、進の注意が役に立ったのだ。ヒラリとうしろにとびのいた三津木俊助、相手のひきょうにまっかになって怒り、むこうがむこうならこっちもこっちとばかり、そばにあった大きな石を、とっさにつかむと、目よりも高くさしあげて、ええいとばかりに小モロゾフの脳天めがけてたたきつけたからたまらない。

「ウオーッ！」

と、それこそ野獣のような声だった。脳天を打ちくだかれた小モロゾフは、それきり手足をふるわせてつぶれてしまったのである。

いままで馬上からこの様子をながめていた大モロゾフは、息子の最期を見るやいなや、

「おのれ！」

と、腰なるピストルを抜くても見せず、俊助に向かってねらいさだめたが、そのとき、世にも思いがけないことが起こったのである。

いままで血みどろな一騎討ちに気をとられて、だれひとり気づく者はなかったが、いつの間にやら、ズラリとモロゾフ一味の者を取りかこんだのは、めいめい、鉄仮面を顔にはめられた、あのモロゾフのどれいどもではないか。

わかった、わかった。ゆうべ、朴青年の仕掛けたダイナマイトの爆発によって、思いもかけず、その牢獄《ろうごく》の入り口を破壊された鉄仮面のどれいたちは、いまこそ復讐のチャンス到来とばかりに、てんでに武器をたずさえて、ここまでモロゾフ一味の者を追跡してきたのである。

「助かりました。みなさん、われわれはすくわれました」

と、それと見るなり朴青年は、思わず大地に身をたたきつけて泣きだしたのである。

このようにして、あれほど兇悪なモロゾフ父子も、長いあいだ使われたかれらのどれいのために、逆にとりこになってしまった。そして、おそらくあのおそろしい鉄仮面民族は、永久にモンゴルの奥地からすがたを消すことだろう。しかし、由利先生の使命はそれで終わったわけではない。モロゾフ父子などは、むしろ由利先生の一行にとっては

副産物にすぎないのだ。かれらにはさらに重大な使命が残されている。鉄仮面をたおし、妙子、文代の二少女を救い出さねばならぬという、世にも重大な仕事なのだ。

さて、それから二日ほどのちの朝早く、天宝山のはるか北方、鏡泊湖のほとりにたどりついた三人の日本人がある。いうまでもなく、これは由利先生をはじめとして、俊助、進少年の三人なのだ。あれから朴青年に別れを告げた三人は、地図をたよりにようやくここまでたどりついたのである。

「三津木くん、鉄仮面はどうやらこの湖水をむこうへわたったらしいぜ」

「よろしい。われわれもわたってみようじゃありませんか」

「しかし、この湖水をわたることは、取りもなおさず死を意味するのだということを、きみは覚悟しているかね。さっきむこうの部落でも聞いたとおり、この湖水をわたった者で、いままで、ひとりだって生きてかえった者はないという話だ。この湖水には、大きなうずが巻いていて、それが人といわず、舟といわずのみつくさずにはおかぬのだ」

「もとより死は覚悟のまえです。鉄仮面がわたったものなら、われわれもこれをわたらねばなりません。なあ、進くん、きみだってしりごみするようなことはないだろうな」

「むろんですとも、先生」

と、進もきっと唇をかみしめた。

湖水のはしに立って見わたすと、広いそしてさびしい湖の上からは、湯げのごとくこい霧が立ちのぼった。まわりにそびえる屏風《びょうぶ》のようにけわしい山々は、まるで悪魔のすみ絵のように、世にもおそろしい影を、水の上に落としている。死のような静けさだ。木も草もことごとく枯れはてて、鳥さえもこのほとりにはすまぬかのように見える。地獄のようなその静けさのなかから、ゴーッと地ひびき立てて聞こえるのは、これぞ、土地の者たちがおそれるうず巻きの音であろう。

「よし、きみたちにその決心があるなら、一か八かだ、ひとつ舟をこぎ出してみよう」

やがて、三人は、どこから見つけてきたのか、小舟をあやつって、湖水のむこう岸めざしてこぎ出していた。湖水といっても、どこにもあるようなそんなちっぽけなものではない。すべてが大陸的なこのモンゴル奥地のこと、名は湖でも、大きさは海ほどあるのだ。しかも、そのなかに舟を乗り入れると、たちまちまわりをつつんだのは、あの霧のようなものだ。こい、ネットリとしたその悪気流は、さながら毒ガスのように人を窒《ちっ》息《そく》させ、壁のように目の前をさえぎってしまう。

「なるほど、この霧のために、だれでもゆくえを見うしなってしまうのだね」

と、由利先生はそういったが、ほかのふたりはなんとも答えない。はてしないこの冒険のため、さすがの俊助も進も、しだいに気がめいってくる。人間が相手なら、たとえどのような悪党であってもおそれないが、相手が自然だけに、だれもかれもいいあわしたように気が重くなってくる。

「先生、いったいもうどのくらい沖へ出ているのでしょう」

「そう、あいにくこの霧でよくわからぬが、さっきから五、六時間たつから、よほど沖へ出ているはずだ。いや、もうそろそろ、むこうの岸へつかねばならぬはずだがな」

いいもおわらず由利先生は、思わずアッとこごえで叫んだ。

「ど、どうしたのですか、先生」

「うずだ、うずへ巻きこまれたのだ」

叫んだとたん、にわかに舟はグルグルと水の上で輪をえがきはじめた。これを抜けだそうとして必死となってかいをあやつっていた三津木俊助。

「しまった！」

と、叫んだがもうおそい。はげしいうずのいきおいに、かいがポキッとふたつに折れてしまったのだ。

「先生、こうなればしかたがありません。じたばたさわげば舟がひっくりかえるばかりです。なりゆきにまかせましょう」

「ふむ、それよりほかにしかたがないな」

三人はそれきり口をつぐんでしまったが、グルグルと輪をえがいた舟は、しだいに静止してきたかと思うと、こんどは強いいきおいでグングンと流されてゆく。

「はてな、この湖水にはひとつの流れがあるらしいな」

「そうらしいですね。こうなりゃしかたがありません。いったいどこへ流れていくか、ひとつこの流れに乗っていこうじゃありませんか」

舟は引き潮のようなはげしい流れに乗った。グイグイと流されていたが、おどろいたことには、その目前の霧のなかから、とつじょ、屛風のようなけわしい崖《がけ》があらわれたかと思うと、見る見る、矢のようないきおいでこちらへせまってくる。あわや、しょうとつ！　三人がアッとばかりに首をすくめたときである。舟はツツーとまっ暗な洞窟《どうくつ》のなかに吸いこまれていった。

「わかった！」

と、由利先生が叫んだ。

「流れはこの洞窟から地底をつらぬいて、またどこかへ流れだしているのだ」

しかし、洞窟はじつに長かった。一時間たっても、二時間たってもあたりは一メートル先も見えない暗黒の闇《やみ》、しかも舟はものすごいいきおいでドンドンと流れているのである。ああ、その心ぼそさ。きみわるさ。

やがて流れもしだいにゆるやかになってきた。そしていままで息がつまりそうだった空気がどうやらおだやかに、豊富になってくる。洞窟が広くなってきたしょうこである。

「先生、ひとつマッチをつけてみましょうか」

「ふむ、つけてみたまえ」

俊助がすぐさま、マッチをすってみると、舟はいま洞窟の壁とすれすれに走っているところだった。水の流れはいよいよゆるやかになって、あたりははかりしれない広い暗闇がひろがっている。そのとき、何やらそばでガサガサという音がするので、ふと壁のほうへ目をやった進は、とつぜんアッとばかりに叫び声をあげた。

「ど、どうしたのだ、進くん」

「カニです。ごらんなさい。黄金のカニがはっています」

見るとなるほど、壁の上には、無数のカニがゴソゴソとはいまわっているのだが、そのこうらを見ると、どれもこれも金色にかがやきわたっている。手をのばして、ふとその一匹を捕らえた俊助。

「先生、こりゃ何ももとから金色をしているのじゃありません。ごらんなさい、こうらからあしから一面に砂金がこびりついているのです」

由利先生はそれを聞くと、思わずギョッと息をのみこんだ。鉄仮面の探している大金鉱というのは夢物語ではなかったのだ。カニのこうらにこびりつくほどの砂金、その大宝庫が、いまやかれらのすぐ目と鼻の先にせまっているのである。

ああ、だれがこのような風景を空想したものがあろうか。大地といわずまわりの崖といわず、これはすべて砂金。砂も金だ。川の流れも金だ。黄金の虹。岩間をはいまわる黄金のカニ。

いままでだれがこのようなすばらしい、ことばで説明できないような黄金を想像した者があるだろうか。しかもこれは夢でもなければまぼろしでもない。現に、鉄仮面はこのすばらしい黄金の洞窟にうっとりとして立っているのだ。その左右には妙子と文代とのふたりがこれまた魂をぬかれたように、ぼうぜんとして目をつむっていた。

由利先生たちが吸いこまれた、あの洞窟の奥なのである。とつぜん、洞窟を出ると、そこにはおよそ周囲一マイルばかりの池があり、そしてその中央に、この黄金の小島が浮いているのだ。池のまわりはすべて、きり立てたような岩石が、それこそ屏風のようにそびえているのだから、いままでだれひとりこの黄金境に気づかなかったのもむりはない。この小島へいたる道はただ一つ、あのおそろしい湖をこえ、あのまっ暗な地底の洞窟をくぐってくるよりほかに方法はなかったのだ。太陽がこのすりばちの底のような、小島の上にさしかかると、キラキラする黄金の虹は空にかがやく。しかし、無智なこの近くの住民たちは、だれひとりそれによって、この黄金大宝庫の秘密に気づく者はなかった。むしろかれらは、それをもって悪魔のしわざとおそれおののいていたのだ。

秘密を知っていたのは、いままで、天下にただふたり、唐沢雷太と香椎弁造だけである。おそらくかれらは、おりおりその大宝庫をおとずれては、ひそかに必要なだけの金塊を持ち帰っていたものだろう。

しかし、そのふたりもいまやこの世にいない人間だ。そして、全世界に例のないこの宝庫は、じつに鉄仮面東座蓉堂がひとりじめにすることができるのだ。

蓉堂がくるったように喜んだのもむりはない。かれは涙をながして狂喜した。じだんだをふみ、指をポキポキと折り、それこそ天をあおぎ、地にころびつつこの幸運を喜ぶのだ。

「見ろ、妙子も文代も見ろ。いまこそおれは天下の大金持ちだ。だれが、おれとこのすばらしい富を競争することができよう」

と、蓉堂はまるでよだれを流さんばかりに喜び、やがてかれの目はふと、かたわらにそびえている奇怪な黄金の立像にそそがれた。それはおそらく、ずっと昔に、この大宝庫を所有していた先住民族がこしらえたものにちがいない。大きさは人間の三倍もあった。そして、ぜんたいが黄金からなる、半裸体の悪魔とも神ともつかぬ奇怪な立像なのだ。顔は不動明王に似ている。手が六本あって、それぞれ奇妙な武器をもっているのだ。そして胸のあたりには、呪文《じゅもん》のような文字が書きつけてあった。それはほとんどすりへっているうえに、古代のことばなのでよくわからなかったが、蓉堂が読んでみたところによると、だいたい次のような意味だ。

――われにふたりのいけにえをささげよ。しかるのちわが右の乳房をおせ、しからばより大いなる幸運、汝の上に下らん――

蓉堂はギョッとしたように妙子と文代のほうを見る。幸いここにふたりの女がいる。そうだ、こいつをいけにえにささげ、これ以上の幸運を手に入れねばならぬ。欲の深い鉄仮面は、いまや、なかば気が狂っていたのだ。かれはやにわにスラリと腰から短刀を抜きはなった。

「あれ、文代さん、気をつけて」

とつじょ変わった鉄仮面の顔つきに、まず第一に気がついて叫んだのは妙子だ。いきなり文代の手をとって逃げ出そうとした。

「おのれ、逃がすものか」

と、蓉堂はまるでイナゴのように妙子のうしろに近づくと、かみの毛をひっつかんでうしろへ引きもどそうとする。

「たすけてえ！」

と、叫んだ文代が、いきなり砂金をつかんでとっさの目つぶし、

「妙子さん、逃げましょう、早く逃げましょう」

「うむ！　逃げようたって逃がすものか」

ああ、なんということだ。人もうらやむ黄金の洞窟で、これこそ、地獄の鬼ごっこがはじまったのである。

妙子と文代は手に手をとって、黄金の砂をけって逃げて歩く。そのうしろより狂いた った蓉堂が、短刀片手に追ってくるのだ。なんとかしてふたりを殺さねばならぬ。黄金の立像がしめすとおり、ふたりのぎせい者をささげねば、幸運はわが手にはいらぬのだ。

――狂った蓉堂の頭は、あのばかげたことをまったく信じているのだからたまらない。

必死となって逃げまわる二少女のあとを、悪鬼のように追いまわるのだ。妙子と文代は死に物狂いで逃げまわったが、もとよりせまい小島のこと、ふたりはふたたびあの立像のそばまで帰ってきたが、そのとき、ようやく追いついた蓉堂が、文代のからだを抱きかかえ、あわや一さし、その胸をえぐろうとしたときである。

ズドン！　黄金境にものすごい銃声がとどろいたかと思うと、蓉堂は手にした刃物を、バッタリそこに取り落としてしまった。

「ああ！」

三人の者がいっせいに銃声のした方角を見たときである。いましもむこうの洞窟から矢のようにこちらへ流れよってくる舟、乗っているのはいわずとしれた由利先生の一行だ。

「あ、先生、早く、早く！」

それと見るより妙子は狂喜して叫んだが、おどろいたのは蓉堂である。まさか、由利先生たちが、このようなところまであとを追ってこようとは夢にも思わぬ。

しばらく、ぼうぜんとしてつっ立っていたが、どう思ったのか、クルリとふり返ると、いきなり黄金像の右の乳房をおした。ああ、蓉堂はあの呪文を信じ、なにかしら奇跡的な救いの手を信じて、その乳房をおしたのだ。

だが、そのとたん、世にも奇怪なことがおこった。蓉堂が乳房をおすと同時に、ガーッと、ものすごい音を立てて、立像の六本の腕が、おりてきたかと思うと、はっしとばかり、蓉堂の脳天を打ったからたまらない。

「ウアーッ」

ものすごい叫びが、この黄金境の空気をつらぬいたかと思うと、さしもの悪事を重ねた鉄仮面も、あたりの砂金を深紅の色にいろどって、そのままバッタリとたおれてしまったものである。

「妙子さん」

「文代さん」

ふたりはひしとばかりに抱きあったが、そのとき、由利先生たちを乗せた舟は、ようやく、小島までこぎつけていた。

解説

山村正夫

私が子供の頃、愛読した怪奇小説にボアゴベの「鉄仮面」があった。講談社の少年少女小説全集の一冊として刊行されたもので、江戸川乱歩先生の訳であった。

細かな筋立ては忘れてしまったが、生きながら鉄仮面をかぶせられて古塔に幽閉されたフランスの軍人を、救出する冒険物語であったように思う。その古塔にはほかにも同じような囚人がいて、それを助け出す件《くだ》りが恐い。鉄仮面をはずしたところ、骸骨《がいこつ》同然の凄惨《せいさん》な顔が現れたというシーンに、ゾッとさせられて夜も眠れなかったほどだったのを、いまでもありありと憶《おぼ》えているのだ。

冷やかで無表情な人工の仮面には、一種独特な妖気があり、仮面の下の素顔がわからないだけに、なおさら無気味さが増す。したがって、ジュヴナイルの怪奇探偵小説には、悪人の象徴として仮面をかぶった怪人がしばしば使われてきた。

本篇は横溝正史先生が、戦後まもなくの昭和二十四年に当時の少年雑誌に連載され、昭和三十七年にポプラ社から刊行されたものだが、この中に登場する悪の主人公もそうである。宝石王の唐沢雷太《からさわらいた》を皮切りに、三人の人間の命を次々に狙《ねら》う神出鬼没の怪人として、幽霊鉄仮面が暗躍するのだ。それについて横溝先生は、「まっ黒な仮面の奥から、二つの目がらんらんとかがやいて、ピンと上を向いた三日月型のおおきな口の気味悪さ」と書いておられるが、この鉄仮面の着想はあるいはボアゴベの作品から得られたのかもしれない。

モンゴルの奥地に鉄仮面民族が住み、どれいがすべて仮面をかぶせられて酷使《こくし》されるという設定は、古塔に幽閉された囚人のそれに共通していなくはないからだ。

それにしても、そうした怪人が大時計の扉を開けて忽然《こつぜん》と出現したり、深夜、窓ガラスの向こうにへばりついていたりするのだから、それだけでもスリリングなシーンの展開に読者はハラハラさせられたことだろう。

ところで本篇には、冒頭に左記のような奇妙な新聞広告が出てくる。

狸《たぬき》のお舟は泥の舟
ブクブク海に沈んだ
唐沢雷太は古狸
いまにお海に沈むだろ

お伽噺《とぎばなし》の「カチカチ山」をもじった歌だが、その新聞広告が発端になって恐ろしい復讐物語の幕が開くのだ。そして歌の文句通りの殺人が起こるのである。

これを見立て殺人という。

見立て殺人は本格推理小説のパターンの一つで、アガサ・クリスティーの「そして誰もいなくなった」が、その方の代表的な傑作に算えられている。マザーグースに出てくる「十人のインディアンの子供たち」がモチーフになっていて、その童謡の歌詞に従って孤島に集められた十人の人間たちが次々に殺されるのだ。幼児を対象にした童謡と殺人という組み合わせが、何ともいえず異様な戦慄《せんりつ》を感じさせずにはおかない。

日本では横溝先生がこのパターンの創始者で、『獄門島』や『悪魔の手毬唄《てまりうた》』など、戦後の本格物のベスト・テンにランクされる名作がいくつかあるから、読者もたぶん御存知だろう。『獄門島』では芭蕉の俳句、『悪魔の手毬唄』は手毬唄が、連続殺人を暗示しているのである。

『幽霊鉄仮面』は、その横溝先生がジュヴナイルの分野で、見立て殺人を試みられた作品ということになるだろうか。「カチカチ山」のほかに「雀の宿」などのお伽噺《とぎばなし》も使われているが、実際には最初に狙われた唐沢雷太が、歌に合わせて東京湾で袋詰めの死体となって発見されただけで、第二、第三の事件は名探偵の活躍で未然に防ぎ止められてしまう。そのため、殺人予告としての効果の方がより強まっているのは否めない。

鉄仮面の怪人を向こうに回して、事件の解決に当たるのは元警視庁の捜査課長の肩書を持つ〝由利《ゆり》先生〟こと由利麟太郎《りんたろう》と、新日報社の敏腕記者三津木俊助《みつぎしゅんすけ》である。由利先生のプロフィルは、作中で次のように紹介されている。

「ふしぎなのはその人の顔かたちである。そぎ取ったようなするどい顔。人をさす目、その顔を見ると、どうしても、四十五より上には見えないのに、奇怪なのはその髪の毛だ。まるで白雪をいただいたような銀色の頭髪は、この人の年齢をはんだんするのにくるしませるのである」

飄々《ひょうひょう》たる風貌《ふうぼう》の金田一耕助とは、まさに対照的と言い得るだろう。

一方、三津木俊助の方は、

「年は三十四、五歳、色の浅黒い、キリリとひきしまった顔、スポーツできたえあげたたくましいからだつき、それにことばつきもキビキビしているから、はたから見ても胸のすくような気持のよい人物」(『夜光怪人』)

となっている。

このコンビは、金田一ファンの読者には馴染《なじ》みが薄いかもしれないが、かつての横溝作品では一世を風靡《ふうび》した名探偵なのだ。

戦前では『真珠郎』、戦後では『蝶々殺人事件』が知られており、とりわけジュヴナイルでは由利先生や三津木がヒーローとして腕をふるう作品が多い。

この名探偵コンビの助手をつとめるのが中学生の御子柴進《みこしばすすむ》少年だが、〝探偵小僧〟の異名を取り、大人も顔負けの大働きをする彼が、本篇では殺された唐沢雷太の遠縁の者として紹介されているのが興味深い。まだ新聞社に給仕として入社しておらず、唐沢の家に住み込みでいるのである。

　御子柴進の登場する物語には、同じ昭和二十四年に発表された『夜光怪人』があるが、この中では進は既に三津木と親密な仲になっているので、『幽霊鉄仮面』の方が、彼の初手柄《はつてがら》の事件ということになりそうだ。それに続いて『夜光怪人』（昭和24年）、『真珠塔』『白蠟仮面』『青髪鬼』『蠟面博士』（昭和29年）、『獣人魔島』（昭和30年）、『まぼろしの怪人』等があり、乱歩先生の生んだ少年探偵団の小林少年に匹敵《ひってき》する人気者と言っていい。

　そのほか警視庁の等々力警部が、これら三人のよき協力者ぶりを発揮する。

　さて本篇は、鉄仮面の怪人の復讐計画と、大金鉱のありかをめぐる悪人たちの醜い葛藤《かっとう》が、物語の主軸になっている。横溝先生のジュヴナイルには、そうした復讐と宝探しをからませた作品が多いが、それは年少の読者のために、動機をできるだけ単純化して、理解し易いものにしようとした、作者の配慮によるものにほかならない。動機よりも波乱万丈の娯楽性に力が注がれているのだ。

　その点で、作中に仕掛けられたトリッキーな設定は、目まぐるしいばかりである。アルミニウムの短剣、金庫部屋、人肌地図、アナグラム等……

　さすがは本格派の巨匠の筆になるだけあって、盛り沢山な趣向は息もつかせない。物語の中途で由利先生により幽霊鉄仮面の正体が暴露されるのだが、その意外性にも、読者はさぞかしあっと言わされたことだろう。

後半は日本からモンゴルの奥地に舞台が移り、由利先生や三津木俊助らは悪人一味を追って大陸に渡る。鉄仮面民族との対決や大金鉱探しなど、冒険小説的な色彩ががぜん濃厚になるのだ。とりわけ猛犬の集団に襲われる結末の活劇シーンが圧巻で、三津木の颯爽《さっそう》とした快腕ぶりがクライマックスの見所になっている。

横溝先生はアクション場面を滅多に書かれない作家だけに、その意味でも珍重《ちんちょう》に価いするのではないだろうか。

ふつうジュヴナイルは四百枚〜五百枚を費す大人物とは違い、長編といってもせいぜい三百枚が限度である。活字の大きさが違うのでそうなるのだが、本篇は優にその枚数を超《こ》えていて、いわば大長編の部類に属する。それだけに、雄大な構成と手に汗握るスピーディーな場面転換の妙に、感嘆せずにはいられない。

金田一耕助のシリーズ作品とは一味違う、由利先生と三津木俊助コンビの活躍を、本篇によってたっぷり楽しんで頂けたことと思うが、いかがなものだろう。

本書は、昭和五十六年九月に小社より刊行した文庫を改版したものです。なお本文中には、浮浪者、おそろしき地獄の部落など今日の人権擁護の見地に照らして使うべきではない語句や、容姿に対して不適切な表現があります。しかしながら、作品全体を通じて、差別を助長する意図はなく、執筆当時の時代背景や社会世相、また著者が故人であることを考慮の上、最低限の改変にとどめました。（編集部）

幽《ゆう》霊《れい》鉄《てつ》仮《か》面《めん》

横《よこ》溝《みぞ》正《せい》史《し》

昭和56年 9月20日　初版発行
令和4年 12月25日　改版初版発行

発行者●山下直久

発行●株式会社KADOKAWA
〒102-8177　東京都千代田区富士見2-13-3
電話　0570-002-301（ナビダイヤル）

角川文庫 23462

印刷所●株式会社暁印刷
製本所●本間製本株式会社

表紙画●和田三造

●お問い合わせ
https://www.kadokawa.co.jp/（「お問い合わせ」へお進みください）
※内容によっては、お答えできない場合があります。
※サポートは日本国内のみとさせていただきます。
※Japanese text only

ISBN 978-4-04-112919-7　C0193

角川文庫発刊に際して

角川源義

第二次世界大戦の敗北は、軍事力の敗北であった以上に、私たちの若い文化力の敗退であった。私たちの文化が戦争に対して如何に無力であり、単なるあだ花に過ぎなかったかを、私たちは身を以て体験し痛感した。西洋近代文化の摂取にとって、明治以後八十年の歳月は決して短かすぎたとは言えない。にもかかわらず、近代文化の伝統を確立し、自由な批判と柔軟な良識に富む文化層として自らを形成することに私たちは失敗して来た。そしてこれは、各層への文化の普及滲透を任務とする出版人の責任でもあった。

一九四五年以来、私たちは再び振出しに戻り、第一歩から踏み出すことを余儀なくされた。これは大きな不幸ではあるが、反面、これまでの混沌・未熟・歪曲の中にあった我が国の文化に秩序と確たる基礎を齎らすためには絶好の機会でもある。角川書店は、このような祖国の文化的危機にあたり、微力をも顧みず再建の礎石たるべき抱負と決意とをもって出発したが、ここに創立以来の念願を果すべく角川文庫を発刊する。これまで刊行されたあらゆる全集叢書文庫類の長所と短所とを検討し、古今東西の不朽の典籍を、良心的編集のもとに、廉価に、そして書架にふさわしい美本として、多くのひとびとに提供しようとする。しかし私たちは徒らに百科全書的な知識のジレッタントを作ることを目的とせず、あくまで祖国の文化に秩序と再建への道を示し、この文庫を角川書店の栄ある事業として、今後永久に継続発展せしめ、学芸と教養との殿堂として大成せんことを期したい。多くの読書子の愛情ある忠言と支持とによって、この希望と抱負とを完遂せしめられんことを願う。

一九四九年五月三日

角川文庫ベストセラー

金田一耕助ファイル1
八つ墓村
横溝正史

鳥取と岡山の県境の村、かつて戦国の頃、三千両を携えた八人の武士がこの村に落ちのびた。欲に目が眩んだ村人たちは八人を惨殺。以来この村は八つ墓村と呼ばれ、怪異があいついだ……。

金田一耕助ファイル2
本陣殺人事件
横溝正史

一柳家の当主賢蔵の婚礼を終えた深夜、人々は悲鳴と琴の音を聞いた。新床に血まみれの新郎新婦。枕元には、家宝の名琴〝おしどり〟が……。密室トリックに挑み、第一回探偵作家クラブ賞を受賞した名作。

金田一耕助ファイル3
獄門島
横溝正史

瀬戸内海に浮かぶ獄門島。南北朝の時代、海賊が基地としていたこの島に、悪夢のような連続殺人事件が起こった。金田一耕助に託された遺言が及ぼす波紋とは？　芭蕉の俳句が殺人を暗示する!?

金田一耕助ファイル4
悪魔が来りて笛を吹く
横溝正史

毒殺事件の容疑者椿元子爵が失踪して以来、椿家に次々と惨劇が起こる。自殺他殺を交え七人の命が奪われた。悪魔の吹く嫋々たるフルートの音色を背景に、妖異な雰囲気とサスペンス！

金田一耕助ファイル5
犬神家の一族
横溝正史

信州財界一の巨頭、犬神財閥の創始者犬神佐兵衛は、血で血を洗う葛藤を予期したかのような条件を課した遺言状を残して他界した。血の系譜をめぐるスリルとサスペンスにみちた長編推理。

角川文庫ベストセラー

首 金田一耕助ファイル11　横溝正史

滝の途中に突き出た獄門岩にちょこんと載せられた生首。まさに三百年前の事件を真似たかのような凄惨な村人殺害の真相を探る金田一耕助に挑戦するように、また岩の上に生首が……事件の裏の真実とは？

悪魔の手毬唄 金田一耕助ファイル12　横溝正史

岡山と兵庫の県境、四方を山に囲まれた鬼首村。この地に昔から伝わる手毬唄が、次々と奇怪な事件を引き起こす。数え唄の歌詞通りに人が死ぬのだ！　現場に残される不思議な暗号の意味は？

三つ首塔 金田一耕助ファイル13　横溝正史

華やかな還暦祝いの席が三重殺人現場に変わった！宮本音禰に課せられた謎の男との結婚を条件とした遺産相続。そのことが巻き起こす事件の裏には……本格推理とメロドラマの融合を試みた傑作！

七つの仮面 金田一耕助ファイル14　横溝正史

あたしが聖女？　娼婦になり下がり、殺人犯の烙印を押されたこのあたしが。でも聖女と呼ばれるにふさわしい時期もあった。上級生りん子に迫られて結んだ忌わしい関係が一生を狂わせたのだ――。

悪魔の寵児 金田一耕助ファイル15　横溝正史

胸をはだけ乳房をむき出し折り重なって発見された男女。既に女は息たえ白い肌には無気味な死斑が……情死を暗示する奇妙な挨拶状を遺して死んだ美しい人妻。これは不倫の恋の清算なのか？

角川文庫ベストセラー

喘ぎ泣く死美人　横溝正史

当時の交友関係をベースにした物語「素敵なステッキの話」。外国を舞台とした怪奇小説の「夜読むべからず」や「喘ぎ泣く死美人」など、ファン待望の文庫未収録作品を一挙掲載！

髑髏検校　横溝正史

江戸時代。豊漁ににぎわう房州白浜で、一頭の鯨の腹からフラスコに入った長い書状が出てきた。これこそ、後に江戸中を恐怖のどん底に陥れた、あの怪事件の前触れであった……横溝初期のあやかし時代小説！

真珠郎　横溝正史

鬼気せまるような美少年「真珠郎」の持つ鋭い刃物がひらめいた！　浅間山麓に謎が霧のように渦巻く。無気味な迫力で描く、怪奇ミステリの金字塔。他1編収録。

蔵の中・鬼火　横溝正史

澱んだようなほこりっぽい空気、窓から差し込む乏しい光、箪笥や長持ちの仄暗い陰。蔵の中でふと私は、古い遠眼鏡で窓から外の世界をのぞいてみた。それが恐ろしい事件に私を引き込むきっかけになろうとは……。

雪割草　横溝正史

出生の秘密のせいで嫁ぐ日の直前に破談になった有爲子は、長野県諏訪から単身上京する。戦時下に探偵小説を書く機会を失った横溝正史が新聞連載を続けた作品がよみがえる。著者唯一の大河家族小説！

角川文庫ベストセラー

不死蝶
横溝正史

23年前、謎の言葉を残し、姿を消した一人の女。殺人事件の容疑者だった彼女は、今、因縁の地に戻ってきた。迷路のように入り組んだ鍾乳洞で続発する殺人事件の謎を追って、金田一耕助の名推理が冴える！

蝶々殺人事件
横溝正史

スキャンダルをまき散らし、プリマドンナとして君臨していたさくらが「蝶々夫人」大阪公演を前に突然、姿を消した。死体は薔薇と砂と共にコントラバス・ケースから発見され――。由利麟太郎シリーズの第一弾！

憑かれた女
横溝正史

自称探偵小説家に伴われ、エマ子は不気味な洋館の中へ入った。暖炉の中には、黒煙をあげてくすぶり続ける一本の腕が……！　名探偵由利先生と敏腕事件記者三津木俊助が、鮮やかな推理を展開する表題作他二篇。

血蝙蝠
横溝正史

肝試しに荒れ果てた屋敷に向かった女性は、かつて人殺しがあった部屋で生乾きの血で描いた蝙蝠の絵を発見する。その後も女性の周囲に現れる蝙蝠のサイン――。名探偵・由利麟太郎が謎を追う、傑作短編集。

花髑髏
横溝正史

名探偵由利先生のもとに突然舞いこんだ差出人不明の手紙、それは恐ろしい殺人事件の予告だった。指定の場所へ急行した彼は、箱の裂目から鮮血を滴らせた黒塗りの大きな長持を目の当たりにするが……。